QUANDO FUI MORTAL

JAVIER MARÍAS

Quando fui mortal
Contos

Tradução
Eduardo Brandão

COMPANHIA DAS LETRAS

Copyright © 1996 by Javier Marías

Título original
Cuando fui mortal

Capa
Raul Loureiro

Foto de capa
Ferdinando Scianna / Magnum Photos

Preparação
Vanessa Barbara

Revisão
Cecília Ramos
Cláudia Cantarin

Dados Internacionais de Catalogação na Publicação (CIP)
(Câmara Brasileira do Livro, SP, Brasil)

Marías, Javier
    Quando fui mortal : contos / Javier Marías ; tradução
Eduardo Brandão. — São Paulo : Companhia das Letras, 2006.

    ISBN 85-359-0870-6

    1. Contos espanhóis I. Título.

06-4560   CDD-863

Índice para catálogo sistemático:
1. Contos : Literatura espanhola   863

[2006]
Todos os direitos desta edição reservados à
EDITORA SCHWARCZ LTDA.
Rua Bandeira Paulista, 702, cj. 32
04532-002 — São Paulo — SP
Telefone (11) 3707-3500
Fax (11) 3707-3501
www.companhiadasletras.com.br

ERRATA

Copyright © 1996 by Javier Marías

A presente edição foi traduzida mediante ajuda da *Dirección General del Libro, Archivos y Bibliotecas del Ministerio de Educación, Cultura y Deporte* da Espanha.

Título original
Cuando fui mortal

Capa
Raul Loureiro

Foto de capa
Ferdinando Scianna / Magnum Photos

Preparação
Vanessa Barbara

Revisão
Cecília Ramos
Cláudia Cantarin

Dados Internacionais de Catalogação na Publicação (CIP)
(Câmara Brasileira do Livro, SP, Brasil)

Marías, Javier
    Quando fui mortal : contos / Javier Marías ; tradução
Eduardo Brandão. — São Paulo : Companhia das Letras, 2006.

    ISBN 85-359-0870-6

    1. Contos espanhóis I. Título.

06-4560   CDD-863

Índice para catálogo sistemático:
1. Contos : Literatura espanhola   863

[2006]
Todos os direitos desta edição reservados à
EDITORA SCHWARCZ LTDA.
Rua Bandeira Paulista, 702, cj. 32
04532-002 — São Paulo — SP
Telefone (11) 3707-3500
Fax (11) 3707-3501
www.companhiadasletras.com.br

Sumário

Nota prévia, 7

O médico noturno, 11
A herança italiana, 21
Na viagem de lua-de-mel, 25
Binóculo quebrado, 30
Figuras inacabadas, 42
Domingo de carne, 46
Quando fui mortal, 50
Todo mal volta, 63
Menos escrúpulos, 83
Sangue de lança, 96
No tempo indeciso, 142
Não mais amores, 155

Nota prévia

Dos doze contos que compõem este volume, creio que onze foram escritos de encomenda. Isso quer dizer que nesses onze não gozei de liberdade absoluta, principalmente no que se referiu à extensão. Três páginas aqui, dez ali, quarenta e tantas acolá, os pedidos são muito variados e a gente tenta satisfazê-los o melhor que pode. Sei que em dois deles a limitação me foi inoportuna, e por esse motivo eles se apresentam aqui ampliados, com o espaço e o ritmo que — uma vez iniciados — lhes teriam sido necessários. Nos demais, inclusive os que atendiam a algum outro capricho alheio, não tenho a sensação de que a encomenda os tenha condicionado, ao menos com o passar do tempo e já acostumado a que sejam como foram. Você pode escrever um artigo ou um conto porque o encomendam (mas não um livro inteiro, no meu caso); às vezes lhe propõem até o tema, e nada disso me parece grave se você consegue fazer do projeto algo seu e se acha divertido escrevê-lo. Mais ainda, só concebo escrever alguma coisa se me divirto, e só posso me divertir se me interesso. Nem é preciso acrescentar que nenhum destes contos teria sido escrito sem que eu me interessasse por eles. E, ao contrário da cafonice purista que exige, para bater à máquina, sensações tão grandiosas quanto a "necessidade" ou a "pulsão" criadoras, sempre "espontâneas" ou muito intensas, não é demais lembrar que grande parte da mais sublime produção artística de todos os séculos — sobretudo em pintura e música — foi resultado de encomendas ou de estímulos ainda mais prosaicos e servis.

Dadas as circunstâncias, porém, também não é demais detalhar brevemente como e quando foram publicados pela primeira vez estes contos e comentar algumas das imposições que acabaram incorporando e que já lhes são tão consubstanciais quanto qualquer outro elemento escolhido. Dispõem-se em ordem estritamente cronológica de publicação, que nem sempre coincide de todo com a de composição.

"O médico noturno" apareceu na revista *Ronda Iberia* (Madri, junho de 1991).

"A herança italiana" foi publicado no suplemento *Los Libros*, do jornal *El Sol* (Madri, 6 de setembro de 1991).

"Na viagem de lua-de-mel" apareceu na revista *Balcón* (número especial "Frankfurt", Madri, outubro de 1991). Este conto coincide em sua situação principal e em muitos parágrafos com certas páginas do meu romance *Coração tão branco* (1992; Alfaguara, 1999). A cena em questão continua no romance, mas aqui, ao contrário, se interrompe, dando lugar a um desenlace diferente, que é o que transforma o texto nisso, num conto. É uma mostra de como as mesmas páginas podem não ser as mesmas, conforme ensinou Borges melhor que ninguém em seu texto "Pierre Menard, autor do *Quixote*".

"Binóculo quebrado" foi publicado na efêmera revista *La Capital* (Madri, julho de 1992), com o maior erro de que já fui vítima em minha vida: não foi impressa a minha primeira página datilografada, de modo que o conto apareceu incompleto, começando brutalmente *in media res*. Parece que, apesar de tudo, agüentou a mutilação. Pediram-me que a narrativa fosse "madrilena". Para dizer a verdade, não sei muito bem o que isso quer dizer.

"Figuras inacabadas" veio à luz em *El País Semanal* (Madri e Barcelona, 9 de agosto de 1992). Nessa ocasião a encomenda era sádica: em tão breve espaço deviam aparecer cinco elementos que, se bem me lembro, eram estes: o mar, uma tempestade, um animal... Esqueci os outros dois, boa prova de que já estão irremediavelmente incorporados.

"Domingo de carne" apareceu em *El Correo Español — El Pueblo Vasco* e no *Diario Vasco* (Bilbao e San Sebastián, 30 de agosto de 1992). Para esse brevíssimo conto havia um requisito: que fosse de verão, creio eu.

"Quando fui mortal" publicou-se em *El País Semanal* (Madri e Barcelona, 8 de agosto de 1993).

"Todo mal volta" fez parte do livro *Cuentos europeos* (1994). Creio que é o mais autobiográfico da minha vida, como facilmente constataria quem lesse, também, meu artigo "La muerte de Aliocha Coll", incluído em *Pasiones pasadas* (1991; Alfaguara, 1999).

"Menos escrúpulos" apareceu no livro fora de catálogo *La condición humana* (FNAC, Madri, 1994). É um dos contos ampliados para esta edição, em cerca de quinze por cento.

"Sangue de lança" foi publicado no jornal *El País* em fragmentos (27, 28, 29, 30 e 31 de agosto e 1º de setembro de 1995). O requisito para esse conto foi que pertencesse mais ou menos ao gênero policial ou de intriga. É outro texto ampliado aqui, aproximadamente em dez por cento.

"No tempo indeciso" fez parte do livro *Cuentos de fútbol* (seleção e prólogo de Jorge Valdano) (Alfaguara, Madri, 1995). Aqui, obviamente, o requisito foi que o conto tivesse isso, futebol.

"Não mais amores", finalmente, é publicado nesta coletânea pela primeira vez, se bem que a história que conta estava contida — comprimida — no meu artigo "Fantasmas leídos", da coletânea *Literatura e fantasma* (Ediciones Siruela, Madri, 1993). Aí a história era atribuída a um inexistente lorde Rymer — na verdade, nome de um personagem secundário do meu romance *Todas as almas* (1989; Alfaguara, 1998), um *warden* ou diretor de *college* oxfordiano sumamente alcoólatra —, suposto especialista em e investigador de fantasmas reais, se é que estas duas palavras não se repelem. Não me agradava a idéia de que este breve conto ficasse sepultado sozinho no meio de um artigo e em forma quase embrionária, daí seu maior desenvolvimento nesta nova obra. Tem ecos conscientes, deliberados e reconhecidos de um filme e de outra narrativa: *The Ghost and Mrs. Muir* [*O fantasma apaixonado*], de Joseph L. Mankiewicz, sobre o qual escrevi um artigo incluído no meu livro *Vida del fantasma* (El País — Aguilar, Madri, 1995), e "Polly Morgan", de Alfred Edgar Coppard, que incluí na minha antologia *Cuentos únicos* (Ediciones Siruela, 1989). Fica tudo em casa, e não se trata de enganar ninguém: por isso, o personagem principal de "Não mais amores" se chama Molly Morgan Muir, e não outra coisa.

Estes doze contos são posteriores aos do meu outro volume do gênero, *Mientras ellas duermen* (1990; Alfaguara, 2000). Ficaram de fora alguns outros, escritos muito livremente e sem que fossem encomendados: parece-me aconselhável, no entanto, que ainda permaneçam na obscuridade ou dispersos.

Novembro de 1995

JAVIER MARÍAS

O médico noturno

Para LB, no presente,
e DC, no passado

Agora que sei que minha amiga Claudia enviuvou com a morte natural do marido, não pude deixar de me lembrar de uma noite em Paris, seis meses atrás: eu havia saído após um jantar para sete pessoas a fim de acompanhar até sua casa uma das convidadas, que não tinha carro mas morava perto, quinze minutos a pé de ida e quinze de volta. Tinha me parecido uma moça meio louca e bastante simpática, uma italiana amiga da minha anfitriã Claudia, também italiana, em cujo apartamento de Paris eu me hospedava por uns dias, como em outras ocasiões. Era a minha última noite naquela viagem. A moça, cujo nome não lembro mais, tinha sido convidada por gentileza para me fazer companhia e para diversificar um pouco a mesa, melhor dizendo, para que as duas línguas faladas ficassem mais bem repartidas.

Mas durante o passeio tive de arranhar o italiano, como havia feito durante metade do jantar. Durante a outra metade, foi o francês que arranhei pior ainda e, para dizer a verdade, já estava farto de não poder me exprimir corretamente com ninguém. Tinha vontade de me ressarcir do sacrifício, mas naquela noite não teria mais chance, pensava, porque, quando voltasse para a casa da minha amiga Claudia, que fala um espanhol convincente, ela já teria ido para a cama com seu maduro e gigantesco marido e até a manhã seguinte não haveria oportunidade de trocar umas palavras bem armadas e pronunciadas. Sentia impulsos verbais, mas tinha de reprimi-los. Desliguei-me durante o passeio: deixei que a amiga italiana da minha amiga italiana falasse com propriedade na sua língua, e eu, contra a minha vontade e o meu desejo, me limitava a assentir e a comentar de vez em quando: "*Certo, certo*", sem prestar atenção, cansado como estava por causa do vinho e enfastiado pelo esforço lingüístico. Enquanto caminhávamos soltando vapor pela boca, eu sabia apenas que ela dizia coisas sobre a nossa amiga comum, como aliás era natural, já que além da reunião a sete de que saíamos não tínhamos nenhum assunto em comum. Pelo menos era o que eu achava. "*Ma certo*", seguia comentando sem nenhum sentido, enquanto ela, que devia se dar conta das minhas omissões, continuava um pouco para si mesma ou talvez por cortesia. Até que, de repente, sempre falando de Claudia, houve uma frase que entendi perfeitamente como frase mas não como significado, já que a entendi sem querer e isolada de todo o contexto. "*Claudia sarà ancora con il dottore*", foi o que disse sua amiga no meu entender. Não fiz muito caso, porque já estávamos à sua porta e eu tinha pressa de falar a minha língua ou pelo menos de ficar a sós pensando nela.

Naquela porta havia uma figura esperando e ela acrescentou: "*Ah no, ecco il dottore*", ou algo do gênero. Entendi que aquele doutor vinha visitar seu marido, que por estar mal não a tinha acompanhado ao jantar. O doutor era um homem da minha idade ou quase jovem e que descobri ser espanhol. Talvez só por isso é que fomos apresentados, muito brevemente contudo (os dois falaram entre si em francês, o do meu compatriota com inconfundível sotaque), e embora eu não me importasse de ficar um tempo conversando com ele para satisfazer minha ânsia de verbalidade correta, a amiga da minha amiga não me convidou a subir, mas apressou a despedida, dando a entender ou dizendo que o doutor Noguera já estava ali havia alguns minutos, esperando-a. Esse médico compatriota trazia uma maleta preta, como os de outra época, e tinha um rosto antiquado, como que saído dos anos trinta: um homem bem-apessoado mas ossudo e pálido, cabelos louros de piloto de caça, penteados para trás. Como ele, pensei um momento, deve ter havido muitos em Paris depois da guerra, médicos republicanos exilados.

Ao voltar para casa, surpreendeu-me ver ainda acesa a luz do escritório, por cuja porta eu tinha de passar a caminho do quarto de hóspedes. Assomei à porta, supondo tratar-se de um esquecimento e disposto a apagar a luz, e então vi que minha amiga ainda estava acordada, encolhida numa poltrona, de camisola e penhoar. Eu nunca a vira de camisola e penhoar, apesar de me hospedar havia tantos anos em suas diversas casas cada vez que ia a Paris por uns dias: as duas peças eram de cor salmão, um luxo. Embora o marido gigantesco com quem se casara havia uns seis anos fosse muito endinheirado, também era muito pão-duro devido ao seu caráter, à sua nacionalidade ou à sua idade, relativamente avançada em comparação à de Claudia, e minha amiga tinha se queixado muitas vezes de nunca poder comprar nada que não fosse para embelezar a casa, grande e cômoda, e, segundo ela, a única manifestação visível da sua riqueza. Quanto ao resto, viviam mais modestamente do que podiam permitir-se, quer dizer, abaixo das suas possibilidades.

Eu quase não havia tido nenhum contato com ele, fora um ou outro jantar como o daquela noite, que são perfeitos para não se relacionar nem conhecer ninguém que já não se conhecia antes. Esse marido, que respondia pelo extravagante e ambíguo nome de Hélie (um tanto feminino aos meus ouvidos), eu via como um apêndice, esse tipo de apêndice tolerável que muitas mulheres ainda atraentes, solteiras ou divorciadas, têm a propensão de se enxertar quando beiram os quarenta anos, ou talvez os quarenta e cinco: um homem responsável e bem mais velho, cujos interesses lhes são indiferentes e com quem nunca riem, e que no entanto lhes serve para continuar vigentes na vida social e organizar jantares para sete como o daquela noite. Hélie chamava a atenção por seu tamanho: media quase dois metros e era gordo, sobretudo no peito, uma espécie de pião ciclópico arrematado por duas pernas tão magras que pareciam uma só; quando eu cruzava com ele no corredor, sempre bamboleava e ia com as mãos bem estendidas, junto das paredes, para ter um ponto de apoio se escorregasse; nos jantares ele tinha por força de ocupar uma cabeceira, pois de outro modo a lateral em que se houvesse instalado teria ficado abarcada por sua figura desmedida e em desequilíbrio, ele sozinho diante de quatro comensais apertados. Só falava francês, e segundo Claudia era um luminar em seu campo, que era o da advocacia. Ao fim de seis anos de casamento, não é que visse minha amiga decepcionada, pois nunca havia mostrado entusiasmo, mas sim incapaz de dissimular, até mesmo na frente de estranhos, a irritação que sempre nos causa quem está sobrando para nós.

— O que foi? Ainda acordada? — perguntei-lhe com o alívio de finalmente poder me expressar na minha língua.

— Sim. É que me sinto mal. Chamei um médico.

— A esta hora?

— Um médico noturno, um médico de plantão. Muitas noites tenho de chamá-lo.

— Mas o que você tem? Não me disse nada.

Claudia baixou a luz graduável que havia acendido junto da poltrona, como se antes de responder quisesse estar na penumbra, ou que eu não distinguisse suas expressões involuntárias, nossos rostos, quando falam, se enchem de expressões involuntárias. — Nada, coisas de mulher. Mas dói muito quando tenho. O médico me dá uma injeção que acalma a dor. — Entendi. E Hélie não poderia aprender a aplicá-la? Claudia olhou para mim com exagerada reserva e o que agora baixou foi a voz para responder a essa pergunta, não a tinha baixado para responder às outras. — Não, não pode. A mão dele treme demais, não confio. Se ele aplicasse não me faria efeito, tenho certeza, ou pode ser até que se confundisse e me injetasse outra coisa, um veneno qualquer. O médico que costumam mandar é um médico muito amável, de resto para isso servem os médicos de plantão, para vir às casas altas horas da noite. É espanhol, claro. Está para chegar a qualquer momento. — Um médico espanhol? — É, acho que de Barcelona. Bem, não sei se tem nacionalidade francesa, deve ter para exercer. Está aqui há muitos anos. Claudia tinha mudado o penteado depois que saí de casa para acompanhar sua amiga. Talvez tivesse se limitado a desfazer o coque para se deitar, mas estava agora com o que parecia um penteado, não um despenteado de fim de dia. — Quer que eu te faça companhia enquanto espera ou prefere ficar sozinha, quando sente dor? — perguntei de forma retórica, já que, estando ela acordada, eu não estava disposto a ir para a cama sem consumar meu desejo de trocar umas palavras e descansar das abomináveis línguas e do vinho da noitada. Antes que ela me respondesse acrescentei, para que ela não pudesse me responder: — Muito simpática a sua amiga. Disse que o marido dela estava doente, noite atarefada para os médicos do bairro.

Claudia hesitou uns segundos e pareceu que me olhava outra vez com reserva enquanto não dizia nada. Depois disse, já sem olhar para mim:

— Sim, tem um marido, ainda mais insuportável que o meu. O dela é moço, um pouco mais velho que ela, mas lhe faz companhia há dez anos e é igualmente sovina. Ela não ganha bastante com seu trabalho, como acontece comigo, e ele raciona até a água quente. Uma vez ela utilizou a água usada da banheira para regar as plantas, que morreram pouco depois. Quando saem juntos não lhe paga nem um café, cada um tem de pagar o seu, de modo que às vezes ela não toma nada enquanto ele lancha. Como ela ganha pouco, é um desses homens que pensam que quem ganha menos num casamento se aproveita necessariamente do outro. Está obcecado com isso. Vigia seus telefonemas, pôs no aparelho um dispositivo que bloqueia ligações para fora da cidade, de modo que para falar com a família na Itália ela tem de ir a um telefone público com moedas ou cartão.

— Por que não se separa?

Claudia demorou a responder:

— Não sei, pelo mesmo motivo por que eu não me separo, embora minha situação não seja tão grave. Acho que de fato ela ganha menos, acho que certamente ela se aproveita; acho que têm razão os homens que vivem obcecados com o dinheiro que gastam ou conseguem poupar com suas mulheres que ganham menos; mas para isso serve o casamento, tudo tem suas compensações e sua paga. — Claudia baixou mais ainda a luz do abajur e ficamos quase às escuras. Sua camisola e seu penhoar pareciam vermelhos agora, por efeito do escuro aumentado. Também baixou ainda mais a voz, até transformá-la num sussurro colérico. — Por que você acha que tenho essas dores, que tenho de chamar um médico para me injetar um sedativo? Ainda bem que só acontece em noites de jantares ou de festas, quando ele come,

16

bebe e fica animado. Quando viu que outros me viram. Pensa nos outros ou nos olhos deles, no que os outros ignoram mas dão por certo ou supõem, e então quer torná-lo efetivo, não certo nem suposto nem ignorado. Não imaginário. Então não lhe basta imaginá-lo. — Calou-se um momento e acrescentou: — Esse mastodonte é um suplício.

Embora nossa amizade viesse de muitos anos, nunca havíamos incorrido nessa classe de confidências. Não que me incomodasse, ao contrário, nada me agrada tanto quanto chegar a esse tipo de revelação. Mas eu não estava acostumado com ela, de modo que pode ser que tenha corado um pouco (mas ela não deve ter visto) e só pude responder de forma desajeitada, isto é, talvez dissuadindo-a de prosseguir, que era o contrário do que eu queria: — Entendo.

Soou a campainha da porta, um toque fraco, o imprescindível, como se toca numa casa em que já se está atento ou se espera quem toca.

— É o médico noturno — disse Claudia.

— Vou dormir. Boa noite e fique boa logo.

Saímos juntos do escritório, ela se dirigiu para a entrada e eu na direção oposta, para a cozinha, onde pensava ler um pouco o jornal antes de me deitar, de noite era a parte menos fria da casa. Mas antes de virar no L do corredor que me levaria até lá, detive-me um momento, virei-me e olhei para a porta de entrada, que Claudia abria naquele instante, tapando com suas costas cor de salmão a figura do médico que chegava: "Boa noite", e só consegui ver, na mão esquerda do doutor, que sobressaía do corpo virado da minha amiga italiana, uma maleta idêntica à do outro médico que me havia sido apresentado na porta da sua amiga também italiana cujo nome não lembro. Deve ter vindo de carro, pensei sobre o médico.

Fecharam a porta e avançaram pelo corredor sem me ver,

17

Claudia na frente, então me encaminhei para a cozinha. Sentei-me, servi-me uma genebra (um disparate essa mistura) e abri o jornal que havia comprado de tarde. Era do dia anterior, mas para mim as notícias eram novas.

Ouvi minha amiga e o médico entrarem no quarto das crianças, que estavam passando o fim de semana com outras crianças, em outra casa. Esse quarto, com um longo trecho de corredor no meio, ficava bem em frente à cozinha, de modo que ao fim de alguns minutos movi a cadeira em que havia sentado até poder captar, com o rabo do olho, a moldura da porta. Tinha ficado entreaberta, haviam acendido uma luz muito tênue, tão tênue, disse comigo, como a que havia iluminado o escritório enquanto ela e eu conversávamos e ela esperava. Não os via, também não os ouvia. Voltei ao meu jornal e li, mas ao cabo de um momento desviei o olhar outra vez porque senti que agora havia uma presença na moldura da porta, a porta deles entreaberta. E então vi o médico, de perfil, com uma injeção na mão esquerda, erguida. Só vi a figura um instante, já que estava contra a luz, não pude ver seu rosto. Vi que era canhoto: era o momento em que médicos e enfermeiros elevam a injeção no ar e apertam-na um pouco, para comprovar que o líquido sai e que não há risco de obstrução ou, o que é mais grave, risco de injetar ar. Era assim que fazia Cayetano, o enfermeiro, na minha casa quando eu era menino. Depois de fazer esse gesto, deu um passo à frente e desapareceu de novo do meu campo visual. Claudia devia ter se deitado na cama de um dos meninos, de onde certamente vinha a luz, para mim tão tênue e para o médico suficiente. Supus que a injeção seria nas nádegas.

Voltei ao meu jornal e passou muito tempo sem que aparecessem de novo emoldurados na porta, ela ou o médico republicano, nenhum dos dois. Tive então uma vaga sensação de intromissão, ocorreu-me que talvez esperassem justamente que eu me retirasse para o meu quarto a fim de saírem e se separarem. Também pensei se, absorto como estivera na leitura de uma notícia esportiva polêmica, não teriam saído em silêncio sem que eu tivesse percebido. Procurando não fazer barulho para em todo caso não acordar o velho Hélie, que estaria dormindo há um bom tempo, resolvi me retirar. Antes de sair da cozinha com meu jornal debaixo do braço, apaguei a luz, e a luz apagada e minha imobilidade de um instante (o instante anterior a um primeiro passo no corredor) coincidiram com o reaparecimento em sua moldura das duas figuras, a da minha amiga Claudia e a do doutor noturno. Pararam no umbral, e do meu escuro vi como escrutavam em minha direção, ou assim imaginei. Naquele momento, em que o que viram foi a luz apagada da cozinha e eu ainda não havia feito o menor movimento, sem dúvida pensaram que, sem eles repararem, eu já tinha ido para o meu quarto. Se os deixei acreditar em semelhante coisa, se de fato continuei sem fazer o menor movimento depois de vê-los, foi porque o médico, sempre contra a luz, tornava a arvorar uma injeção, e Claudia, com sua camisola e seu penhoar, estava amparada pelo outro braço dele, como se ele lhe desse coragem com seu contato, ou com sua respiração, serenidade. Assim amparados pela sua iminência, deram uns passos para fora do quarto das crianças e não pude mais vê-los, mas ouvi como se abria a porta do quarto do casal, em que Hélie devia estar dormindo, e ouvi como se fechava. Pensei que talvez fosse ouvir na seqüência os passos do médico seguindo caminho depois de deixar Claudia em seu quarto, para abandonar a casa uma vez cumprida sua missão sanitária. Mas não foi assim, a penúltima coisa que ouvi naquela noite foi como se fechava a porta do casal, em que também se tinham introduzido um médico noturno de passos silenciosos e uma injeção na mão esquerda.

Com muito cuidado (descalcei-me), percorri todo o corredor até chegar ao meu quarto. Despi-me, meti-me na cama e terminei o jornal. Antes de apagar a luz esperei uns segundos, e foi nesses breves segundos de espera que por fim ouvi a porta da rua e a voz de Claudia, que se despedia do médico com estas palavras: "Até daqui a quinze dias, então. Boa noite e obrigada". A verdade é que fiquei com vontade de falar um pouco mais na minha língua aquela noite, em que perdi por duas vezes a oportunidade de fazê-lo com um médico compatriota.

Na manhã seguinte eu voltava a Madri. Antes de sair pude perguntar a Claudia como estava e ela me disse que bem, as dores tinham passado. Hélie, em compensação, estava indisposto pelos vários excessos da noite anterior e se desculpava por não poder se despedir.

Falei com ele por telefone posteriormente (isto é, ele atendeu o telefone uma ou outra vez em que liguei de Madri para Claudia nos meses seguintes), mas a última vez em que o vi foi quando saí da sua casa naquela noite, depois do jantar para sete pessoas, a fim de acompanhar a amiga italiana cujo nome não lembro agora. Precisamente porque não lembro não sei se da próxima vez que for a Paris me atreverei a perguntar a Claudia por ela, pois agora que Hélie morreu, não queria correr o risco de talvez ficar sabendo que ela também ficou viúva depois da minha partida.

A herança italiana

Lo stesso

Tenho duas amigas italianas que vivem em Paris. Há um par de anos não se conheciam, não tinham se visto, eu as apresentei num verão, eu fui o vínculo e temo que continue sendo, embora elas não tenham voltado a se ver. Desde que se conheceram, ou melhor, desde que se viram e que ambas sabem que conheço ambas, suas vidas mudaram rápido demais e não tanto paralela quanto consecutivamente. Não sei mais se devo romper com uma para libertar a outra ou mudar o viés da minha relação com a outra para que esta desapareça da vida daquela. Não sei o que fazer, não sei se devo falar.

No começo não tinham nada a ver, à parte um comum e considerável interesse pelos livros, e suas respectivas bibliotecas portanto, feitas ambas com paciência, devoção e esmero. A amiga mais antiga, Giulia, era no entanto uma aficionada: filha de um velho embaixador *misino* (ou seja, neofascista), era casada, tinha dois filhos, alugava alguns apartamentos de sua propriedade em

Roma, vivia disso e não trabalhava, dispunha de quase todo o tempo para a sua paixão, ler e, no máximo da sociabilidade, receber escritores em pálida emulação das *salonnières* francesas do século XVIII, como Madame du Deffand (os tempos não dão para mais). Minha amiga mais recente, Silvia, era ao contrário uma profissional: dirigia uma coleção, era um pouco mais moça, solteira, sem patrimônio, vivia com certa dificuldade de entrevistas e artigos livrescos para a imprensa do seu país; não recebia ninguém, saía para se encontrar com os escritores nos cafés, nos cinemas, às vezes para jantar. A mim mesmo, embora estrangeiro para elas e estrangeiro na cidade, Silvia saía para encontrar, e Giulia me recebia. Quando Giulia me recebia, o marido costumava sair durante essas horas porque odiava tudo o que era espanhol. Era um homem de meia-idade, vinte anos mais velho que a mulher, também escritor (mas de tratados de engenharia), possuía uma incerta fortuna da qual se servia com moderação. Houve um verão em que o marido teve de se ausentar longamente por motivos profissionais. Da janela da cozinha, Giulia começou a prestar atenção num rapaz que morava no andar de baixo. Sempre o via sentado, de óculos e sem camisa, aparentemente estudando. Mais tarde cruzou com ele na escada e antes que o marido voltasse ambos eram amantes, escreviam-se cartas de caixa de correio a caixa de correio, sem remetente. Em apenas um mês o marido pediu divórcio e saiu de casa. O vizinho subia e descia.

Foi por essa época que a outra amiga, Silvia, anunciou que ia se casar. Um daqueles escritores de meia-idade com quem ia ao café ou ao cinema tinha se tornado presença demasiado costumeira para prescindir dele. Era um homem vinte anos mais velho que ela, muito inteligente (dizia), escrevia tratados sobre o islã, gozava de certo renome e de uma fortuna pessoal herdada da sua primeira mulher, morta dez anos antes. A única coisa que já então me alarmou foi que, segundo Silvia me contou entre risos, odiava tudo o que era espanhol, pelo que ela talvez tivesse de continuar me vendo nos cafés e nos cinemas quando eu estivesse em Paris. Pensei que aquele ódio podia ser muçulmano.

Enquanto isso, Giulia, a primeira amiga, dedicou-se a levar com o falso estudante (os óculos o remoçavam, era um homem de trinta e tantos, a idade dela, e tinha um bom emprego, psicólogo de uma multinacional) o tipo de vida que por idade e caráter seu marido não tinha querido ou podido levar: não só no verão, como faz boa parte da população mundial, mas em todos os períodos de férias faziam complicadas viagens a lugares remotos: no lapso de nove meses visitaram Bali, a Malásia, por fim a Tailândia. Foi na Tailândia que o psicólogo ou falso estudante ficou doente por causas desconhecidas, seu caso despertando tanto interesse entre os médicos do hospital que até o médico da rainha apareceu por lá para dar uma olhada. Ninguém soube o que teve, mas ao cabo de quinze dias angustiantes sarou e puderam voltar a Paris.

Foi mais ou menos por essa época que, inesperadamente (do casamento haviam transcorrido meses, em vez de anos), Silvia, durante um período de imobilidade do seu marido islâmico por causa de um tombo na escada do novo domicílio conjugal (tantos prédios em Paris sem elevador), conheceu num cinema (a que desta vez foi sozinha) um jovem da sua idade pelo qual ao cabo de umas semanas de mais cinema e cafés e imobilidade marital havia concebido uma paixão tão forte que não teve outro remédio senão decidir-se por um divórcio rápido e reconhecer seu erro (isto é, sua impaciência, ou sua fraqueza, ou sua submissão ao hábito, ou sua resignação); aquele jovem era bem mais rico que o velho escritor: tratava-se do subdiretor de uma empresa de conservas de mexilhões e atum, e tinha de viajar seguidamente a países distantes para fazer aquisições ou levar a cabo transações obscuras. Com ele, Silvia foi à China, depois à Coréia, mais tarde ao Vietnã. Foi neste último país que o subdiretor conserveiro ficou gravemente enfermo por causas desconhecidas e teve de adiar suas múltiplas compras e vendas por duas semanas, as imprevistas que demorou para voltar.

Nunca falei de Silvia para Giulia nem de Giulia para Silvia, pois nenhuma das duas é pessoa interessada na vida dos outros, nem me parece educado contar a outros ouvidos o que em princípio só se brindou aos meus. Agora, no entanto, tenho minhas dúvidas, já que este verão visitei Giulia em Paris e sua situação é um pouco grave: desde que decidiram dividir o mesmo apartamento, há três meses, o falso estudante ou psicólogo revelou-se um sujeito de péssimo caráter: agora odeia os livros e obrigou Giulia a se desfazer da sua biblioteca; bate nela, é violento; e ultimamente, enquanto ela fingia estar dormindo, viu-o duas vezes ao pé da cama acariciando uma navalha (uma das vezes, disse, afiava-a num couro como um barbeiro antigo). Giulia espera que seja algo passageiro, uma seqüela da enigmática doença tailandesa ou um transtorno devido ao intolerável calor desse verão que nunca acaba. Tomara que seja assim, mas dado que Silvia e seu conserveiro estão pensando em comprar um só apartamento, talvez eu devesse falar agora com ela, para que pelo menos salve a biblioteca e tente convencer seu homem a usar barbeador elétrico.

Na viagem de lua-de-mel

Minha mulher sentira-se indisposta e havíamos voltado às pressas para o quarto do hotel, onde ela se deitou com calafrios, um pouco de náusea e um pouco de febre. Não quisemos chamar logo um médico pois achávamos que podia passar e porque estávamos em nossa viagem de lua-de-mel, e nessa viagem ninguém quer a intromissão de um estranho, nem para um exame clínico. Devia ser um leve enjôo, uma cólica, qualquer coisa. Estávamos em Sevilha, num hotel que ficava protegido do trânsito por uma esplanada que o separava da rua. Enquanto minha mulher dormia (pareceu adormecer quando a deitei e a cobri), decidi manter-me em silêncio, e a melhor maneira de consegui-lo e não me ver tentado a fazer barulho ou falar com ela por tédio era ir à sacada e ver a gente passar, os sevilhanos, como caminhavam e como se vestiam, como falavam, se bem que, pela relativa distância da rua e pelo trânsito, não ouvisse mais que um murmúrio. Olhei sem ver, como olha quem chega numa festa já sabendo que a única pessoa que lhe interessa não estará lá porque ficou em casa com o marido. Essa pessoa única estava comigo, às minhas costas, velada por seu marido. Eu olhava para fora e pensava no lado de dentro, mas logo individualizei uma pessoa, e a individualizei porque, ao contrário das outras, que passavam um momento e desapareciam, essa pessoa permanecia imóvel em seu lugar. Era uma mulher de uns trinta anos de longe, vestida com uma blusa azul quase sem mangas, uma saia branca e sapatos de salto alto também brancos. Estava esperando, sua atitude era de espera inequívoca, porque de vez em quando dava dois ou três passos para a direita ou para a esquerda, e no último passo arrastava um pouco o salto fino de um pé ou do outro, um gesto de contida impaciência. Trazia pendurada no braço uma bolsa grande, como as que na minha infância as mães usavam, minha mãe, uma grande bolsa preta pendurada no braço de maneira antiquada, e não no ombro como usam agora. Tinha pernas que se cravavam solidamente no chão cada vez que tornavam a se deter no ponto escolhido para a espera depois do mínimo deslocamento de dois ou três passos, e o salto arrastado do último passo. Eram tão robustas que anulavam ou assimilavam esses saltos, eram elas que se fincavam no pavimento, como faca em madeira molhada. Às vezes flexionava uma para olhar para trás e alisar a saia, como se temesse alguma dobra que lhe enfeasse a bunda, ou talvez ajustasse a calcinha rebelde através do tecido que a cobria.

Estava anoitecendo, e a perda gradual da luz me fez vê-la cada vez mais solitária, mais isolada e mais condenada a esperar em vão. A pessoa com quem marcara encontro não chegaria. Mantinha-se no meio da calçada, não se encostava na parede como costumam fazer os que aguardam para não atrapalhar a passagem dos que não esperam e passam, por isso tinha problemas para se esquivar dos transeuntes, um lhe disse isso, ela respondeu com ira e ameaçou-o com a bolsa enorme.

De repente ergueu a vista, até o terceiro andar em que eu me encontrava, e pareceu-me que fixava os olhos em mim pela primeira vez. Escrutou, como se fosse míope ou estivesse com lentes de contato sujas, piscava um pouco os olhos para enxergar melhor, pareceu-me que era para mim que ela olhava. Mas eu não conhecia ninguém em Sevilha, tem mais, era a primeira vez que vinha a Sevilha, na minha viagem de lua-de-mel com minha mulher tão recente, doente às minhas costas, tomara não fosse nada. Ouvi um ruído vindo da cama, mas não virei a cabeça porque era um gemido que vinha do sono, a gente aprende a distinguir logo o som adormecido da pessoa com quem dorme. A mulher tinha dado uns passos, agora em minha direção, estava atravessando a rua, driblando os carros em vez de ir até o sinal, como se quisesse se aproximar rápido para certificar-se, para me ver melhor na minha sacada. Mas caminhava com dificuldade e lentidão, como se não estivesse acostumada com os saltos ou como se suas pernas tão atraentes não fossem feitas para eles, ou a bolsa a desequilibrasse ou estivesse enjoada. Andava como havia andado minha mulher ao sentir-se mal, ao entrar no quarto, eu a tinha ajudado a se despir e a pôr-se na cama, a tinha coberto. A mulher da rua acabou de atravessar, agora estava mais perto mas ainda à distância, separada do hotel pela ampla esplanada que o distanciava do trânsito. Continuava com a vista erguida, olhando para mim ou à minha altura, a altura do edifício na qual eu me encontrava. E então fez um gesto com o braço, um gesto que não era de saudação nem de aproximação, quer dizer, de aproximação a um estranho, mas de apropriação e reconhecimento, como se fosse eu a pessoa que ela havia aguardado e seu encontro fosse comigo. Era como se com aquele gesto do braço, coroado por um redemoinho veloz dos dedos, quisesse me segurar e dissesse: "Venha cá" ou "Você é meu". Ao mesmo tempo gritou algo que não pude ouvir, e pelo movimento dos lábios só entendi a primeira palavra, que era "Ei!", dita com indignação, como o resto da frase que não chegava a mim. Continuou avançando, agora arrumou a saia pela parte de trás com maior propriedade, porque parecia que quem devia julgar a sua figura já estava diante dela, o esperado podia apreciar agora o caimento daquela saia. Só então consegui ouvir o que estava dizendo: "Ei! O que está fazendo aí?". O grito era bem audível, e enxerguei melhor a mulher. Talvez tivesse mais de trinta anos, os olhos ainda piscando me pareceram claros, cinzentos ou cor de ameixa, os lábios grossos, o nariz um tanto largo, as narinas veementes pela raiva, devia estar esperando havia muito tempo, muito mais tempo do que o transcorrido desde que eu a tinha individualizado. Caminhava trôpega, tropeçou e caiu no chão da esplanada, sujando na hora a saia branca e perdendo um dos sapatos. Levantou-se com esforço, sem querer pisar no chão com o pé descalço, como se temesse sujar também a planta do pé agora que a pessoa havia chegado, agora que precisava ter os pés limpos para o caso de o homem com quem tinha marcado encontro os visse. Conseguiu calçar o sapato sem apoiar o pé no chão, sacudiu a saia e gritou: "O que está fazendo aí? Por que não me disse que já tinha subido? Não vê que estou te esperando há uma hora?" (falou com um sotaque sevilhano popular, com ceceio). Enquanto dizia isso, voltou a fazer o gesto de segurar, um golpe seco do braço nu no ar e o volteio dos dedos rápidos que o acompanhava. Era como se me dissesse "Você é meu" ou "Eu te mato", e com seu movimento pudesse me agarrar e depois me arrastar, uma garra. Desta vez gritou tão alto e já estava tão perto que temi que pudesse acordar minha mulher na cama.

— O que está acontecendo? — disse minha mulher debilmente.

Virei-me, estava sentada na cama, com olhos de susto, como os de uma doente que acorda e ainda não enxerga nada nem sabe onde está nem por que se sente tão confusa. A luz estava apagada. Naquele momento era uma doente.

28

— Nada, volte a dormir — respondi.

Mas não me aproximei para acariciar seus cabelos ou tranqüilizá-la, como teria feito em qualquer outra circunstância, porque não podia me afastar da sacada, mal podia desviar a vista daquela mulher que estava convencida de ter um encontro comigo. Agora ela me enxergava bem e não havia dúvida de que eu era a pessoa com quem havia marcado um encontro importante, a pessoa que a tinha feito sofrer na espera e a tinha ofendido com uma prolongada ausência. "Não viu que estava te esperando ali faz uma hora? Por que não me disse nada!", berrava furiosa, parada na frente do meu hotel e debaixo da minha sacada. "Você vai ver! Eu te mato!", gritou. E fez de novo o gesto com o braço e os dedos, o gesto que me agarrava.

— Mas o que está acontecendo? — voltou a perguntar minha mulher, aturdida, da cama.

Nesse momento recuei ao quarto e encostei as portas da sacada, mas antes de fazê-lo pude ver que a mulher da rua, com sua enorme bolsa antiquada e seus sapatos de salto agulha, suas pernas robustas e seu andar cambaleante, desaparecia do meu campo de visão porque já entrava no hotel, disposta a vir me buscar para que o encontro acontecesse. Senti um vazio ao pensar no que poderia dizer à minha mulher doente para explicar a intromissão que estava a ponto de se produzir. Estávamos em nossa viagem de lua-de-mel, e nessa viagem ninguém quer a intromissão de um estranho, embora eu não fosse um estranho, creio eu, para aquela que já subia a escada. Senti um vazio e tranquei a entrada da sacada. Preparei-me para abrir a porta.

Binóculo quebrado

Para Mercedes López-Ballesteros, em
San Sebastián

No Domingo de Ramos quase todos os meus amigos haviam deixado Madri, e eu fui passar a tarde no hipódromo. Durante o segundo páreo, que ainda não despertava nenhum interesse, um indivíduo que estava à minha esquerda me deu sem querer uma cotovelada no cotovelo ao levar bruscamente aos olhos seu binóculo para ver melhor a reta final. Eu já estava assistindo, já tinha o meu nos meus olhos, e a trombada fez que ele caísse no chão (sempre me esqueço de pendurá-lo no pescoço, e assim pago ou paguei por isso naquele dia, porque uma das lentes quebrou, o binóculo contra o degrau da arquibancada, embora não tenha quicado, ficou ali no chão, parado e quebrado). O homem se agachou antes de mim para pegá-lo, foi ele quem me deu a notícia do estrago, ao mesmo tempo em que se desculpava.

— Oh, desculpe — disse. E em seguida: — Puxa vida, quebrou, que azar.

Vi-o agachado, e a primeira coisa que notei foi que usava abotoadura nos punhos da camisa, o que é raro hoje em dia, só os muito cafonas ou os muito antiquados se atrevem a pôr. A segunda coisa que vi foi que trazia uma pistola com seu respectivo coldre sob a axila direita (devia ser canhoto), quando ele se agachou as abas do paletó se afrouxaram e pude ver a coronha. Isso é mais raro ainda de se ver, deve ser polícia, pensei na hora. Depois, quando se levantou, me dei conta de que era um homem de grande estatura, uma cabeça mais alto que eu; devia ter uns trinta anos e usava costeletas, retas porém compridas demais, outro traço antiquado, não teriam me chamado a atenção quinze anos atrás, ou um século atrás. Talvez as usasse para emoldurar ou dar mais volume à cabeça, que era comprida e pequena, parecia um palito de fósforo.

— Eu pago o conserto — disse atordoado. — Tome, por ora empresto o meu. Estamos só no segundo páreo.

O segundo páreo já tinha terminado, de fato. Ainda não tínhamos nos inteirado de quem havia vencido, de modo que não me atrevi a rasgar minhas pules, que segurava na mão como todos nós fazemos, para rasgá-las e jogá-las no chão, se perdemos, e assim esquecer na mesma hora o erro de prognóstico. Naquele momento eu também tinha nas mãos meu binóculo quebrado (havia comprado não fazia muito num avião, em pleno vôo) e o do indivíduo intacto, que ele me entregara ao mesmo tempo que anunciava seu empréstimo, eu o tinha tomado mecanicamente para que não caísse também no degrau da arquibancada. Ao ver meu aperto, pegou minhas pules e enfiou-as no bolso externo do peito do meu paletó, dando em seguida uma palmadinha ali, como a me dizer que já estavam a salvo.

— Mas se você me emprestar o seu, como vai fazer? — perguntei.

— Podemos compartilhá-lo, se não se importa que vejamos as carreiras juntos — respondeu. — Está sozinho?

— Estou, vim sozinho.

— A única coisa — acrescentou o homem — é que teríamos de ver todas daqui. Estou de vigilância, hoje é aqui, não posso me mexer.

— Você é policial?

— Não, que nada, morreria de fome, é uma merda, conheço uns, você acha que se eu fosse um tira poderia usar a roupa que uso? Olhe só.

Ao dizer isso o homem esticou os braços e deu um passo atrás, as mãos abertas como as de um mágico. A verdade é que estava muito mal vestido (a meu gosto), embora com roupas caras: um jaquetão (mas desabotoado, como já disse) de um inverossímil cinza esverdeado, sem dúvida nenhuma muito difícil de se obter; a camisa, que parecia séria demais para os nossos dias, temo que era rosa antigo, não feia em si, mas imprópria para um homem tão alto; a gravata era um enxame incompreensível (pássaros, insetos, Mirós repugnantes, olhos de gato), predominava o amarelo; o mais esquisito era o calçado: nem sapatos de cadarço, nem mocassins, mas uma botinas infantis que chegavam ao tornozelo, ele devia considerá-las modernas, o resto era supostamente semiclássico. As abotoaduras podiam ser boas, talvez Durán, brilhavam um bocado, tinham forma de folha. Não era um homem discreto, tampouco original, certamente não tinha sido educado para combinar, só isso.

— Estou vendo — disse eu sem saber o que dizer. — E o que é que você tem de vigiar, então?

— Sou segurança — respondeu.

— Ah, e está fazendo a segurança de quem?

O homem tomou de mim o binóculo que acabara de me emprestar e olhou com ele para a tribuna das autoridades, que estava a pouca distância (na verdade, eu não precisava de lentes de aumento para divisá-la). Entregou-o novamente a mim. Parecia aliviado.

— Não, ainda não chegou, ainda tenho tempo. Se vier mesmo não vai chegar antes do quarto páreo, para cumprimentar os amigos. O que lhe interessa de verdade é o quinto, como a todos, e não tem tempo sobrando para matar, quer dizer, você deve ter chegado cedo para se distrair. Ele, ao contrário, está fechando negócios por telefone ou fazendo a sesta para ficar desperto. Vim na frente, para ver como está a tarde, para ver se o ambiente está carregado e tomar posição.

— Carregado? Como assim? O que pode acontecer aqui?

— O mais provável é que nada, mas alguém tem de ir sempre na frente. E alguém atrás, junto dele, claro. Eu costumo ir na frente. Por exemplo, se entramos num restaurante ou num cassino, ou paramos para tomar uma cerveja num bar de beira de estrada, eu sempre entro primeiro para ver como estão as coisas. Nunca se sabe ao entrar num lugar público, naquele momento pode haver dois caras saindo na porrada. Não é normal, mas sabe como é, um garçom derramou o vinho e um cliente mal-humorado pode estar lhe dando uns sopapos. Eu não vou querer que o meu chefe assista a isso, ou se veja envolvido no rolo. Garrafa voa rápido, sabe? Ao longo do dia voam em Madri muito mais garrafas do que você imagina, as pessoas puxam facas, saem na mão, vivem com os nervos à flor da pele. E se no meio disso tudo aparece a riqueza, então todo o mundo pára e pensa: "Que a riqueza pague". Os que estão brigando são capazes de se acertar num instante e cair de pau em cima da riqueza: "A riqueza que se foda". Tem que estar sempre de olho.

O homem levou o dedo ao olho.

— É? — falei. — O seu chefe é tão rico assim? Dá para ver tão fácil?

— Traz pintado na testa, tem cara de rico. Mesmo que deixasse a barba três dias por fazer e se vestisse de mendigo, daria para ver que é rico só pela cara. Eu queria pra mim, essa cara. Quando entramos numa loja de luxo, eu vou na frente, como sempre. E apesar de ir bem vestido, mal os vendedores me vêem e já fazem cara feia ou nem dão bola pra mim, vão atender outros clientes para os quais até aquele instante estavam cagando ou vão remexer nas gavetas, como se estivessem fazendo o inventário. Eu não lhes dirijo a palavra, verifico se está tudo em ordem e então volto até a porta e abro para o chefe entrar. E mal vêem a cara dele, todos os vendedores largam os clientes e as gavetas para virem atendê-lo com os seus sorrisos.

— Será que não é porque seu chefe é famoso, se é tão rico, e eles o reconhecem?

— É, pode ser — disse o guarda-costas, como se nunca tivesse pensado nisso. — Está ficando famoso. É banqueiro, sabe? Não conte pra ninguém, mas é banqueiro. Bom, vamos dar um pulo no paddock, que já temos de apostar no terceiro páreo.

Fomos até lá e no caminho rasgamos por fim nossas pules, chega!, para o chão, depois de ver que tínhamos perdido. Cruzei com um filósofo que não falta um domingo, também com o almirante Almira (seu predestinado e incompleto sobrenome) e com sua bonita e não merecida esposa, que me cumprimentaram com a cabeça sem me dirigir a palavra, vai ver que se envergonharam ao me ver em companhia daquele indivíduo um pouco gigante, eu só batia no ombro dele. Eu trazia pendurado no pescoço o binóculo dele e na mão o meu, quebrado, o meu é pequeno e potente, o dele era enorme e pesadíssimo, a correia me puxava a nuca, mas eu não podia correr o risco de deixar também este cair. Enquanto víamos os cavalos dar voltas, percebi que o segurança estava prestes a me perguntar o que eu fazia e, como não tinha a menor vontade de falar de mim mesmo, antecipei-me e lhe perguntei:

— O que acha do 14?

— Bela estampa — falou, que é o que sempre dizem dos

cavalos os que de cavalo não entendem nada. — Acho que é nele que vou apostar.

— Eu não, está meio nervoso. Pode até ficar no starting gate.

— Sério? Você acha?

— Aqui não vale cara de rico.

O homem caiu na risada. Era um riso imediato, sem o menor pensamento prévio, o riso de um homem ainda a ser polido, o riso de um homem que não pensa na conveniência. Não tinha muita graça o que eu havia dito. Logo em seguida pegou o binóculo sem me pedir licença e olhou rapidamente com ele para a tribuna das autoridades, que não dava para ver do paddock. Minha nuca ressentiu-se, o homem puxou a correia um pouco demais.

— Não chegou? — perguntei.

— Não, por sorte — ele respondeu, por intuição, suponho.

— Ele dá muito trabalho? Quer dizer, você tem de intervir com freqüência, intervir a sério, com risco?

— Não tanto quanto eu gostaria, veja só, este é um trabalho de muita tensão e ao mesmo tempo inativo, a gente tem de estar atento permanentemente, tudo consiste em se antecipar, num par de ocasiões pulei em cima de pessoas ilustres que queriam apenas cumprimentar meu chefe. Dobrei o braço delas nas costas e imobilizei-as, sem nenhum motivo levaram uma chave de braço. E eu levei uma boa bronca por isso. De modo que a gente tem de ter muito cuidado e também não se antecipar muito. Tem de adivinhar as intenções, é isso. Depois, quase nunca acontece alguma coisa, é difícil manter a vigilância se a gente tem a sensação de que na realidade ela não é necessária.

— Claro, você baixa a guarda.

— Não, não baixo, mas tenho de me esforçar muito para mantê-la. Meu colega, o que vai com ele quando vou na frente, baixa muito mais, eu percebo. Às vezes lhe dou uma chamada.

35

Ele se distrai com videogames portáteis enquanto espera, tem esse vício. E isso não tem cabimento, entende?

— Entendo. E ele, o chefe, como trata vocês?

— Bem. Para ele somos invisíveis, não se priva de nada por estarmos presentes. Já o vi até fazer bandalheira.

— Bandalheira? De que tipo?

O guarda-costas me pegou pelo braço para irmos aos guichês de aposta. Agora eu estava com vergonha de andar assim com um homem tão alto. Sua maneira de me segurar era protetora, talvez não soubesse estabelecer contato com as pessoas a não ser desse modo: ele protegia. Pareceu hesitar um instante. Depois falou:

— Bem, com mulheres, no carro, por exemplo. Pra dizer a verdade, ele é um bocado sujo, a cabeça meio suja, sabe? — Tocou a testa. — Escute, você não é jornalista, é?

— Não, pode deixar.

— Ah, bom.

Apostei no 8 e ele no 14, era um homem cabeçudo ou supersticioso, e voltamos à arquibancada. Sentamo-nos à espera do início do terceiro páreo.

— Como fazemos com o binóculo?

— Eu vejo a largada e você a chegada, se quiser — respondeu. — Estou em dívida.

Voltou a pegar o binóculo sem antes tirá-lo pela minha cabeça, mas agora estávamos bem perto um do outro e ele não precisou puxar a correia. Olhou para a tribuna um segundo, depois tornou a deixá-lo no meu colo. Olhei para as botinas dele, eram incongruentes, davam um aspecto infantilizado aos seus pés muito grandes. Empolgou-se durante a carreira gritando "Vamos, dá-lhe *Narnia!*" para o número 14, que não ficou no starting gate mas largou mal e só chegou em quarto. O meu 8 ficou em segundo, de modo que rasgamos nossas pules com um gesto irritado, como tem de ser: à merda.

De repente eu o vi abatido, não podia ser pela aposta.

— Tudo bem? — perguntei.

Não respondeu logo. Olhava para o chão, para suas pules rasgadas, o tórax tão comprido inclinado, a cabeça quase entre as pernas abertas, como se estivesse enjoado e tomasse precauções para, caso vomitasse, não sujar a calça.

— Tudo — disse por fim. — É que este é o terceiro páreo, meu chefe deve estar a ponto de chegar com o meu colega, se é que vêm. E se vierem, aí é comigo.

— Vai ter de ficar aqui para vigiar, não é?

— É, vou ter de ficar aqui. Não se importa de me fazer companhia? Bem, se quiser voltar ao paddock e apostar, vá e volte para assistir à carreira. Fico com o binóculo, enquanto isso, caso aconteça alguma coisa.

— Vou apostar rapidinho. Não preciso ver os cavalos.

Deu-me dez mil pesetas para a dupla, outras cinco mil para o vencedor, desci para fazer as apostas, não demorei nada, ainda não tinha fila. Quando voltei à arquibancada o segurança continuava cabisbaixo, não parecia atento. Acariciava as costeletas ensimesmado.

— Já chegou? — perguntei, só para dizer alguma coisa.

— Não, ainda não — respondeu erguendo a vista e, em seguida, o binóculo para a tribuna. Tinha se tornado um gesto quase mecânico. — É bem possível que não vá ser comigo.

O homem continuava abatido, havia perdido de repente toda a sua bonomia, como se houvesse se nublado. Não puxava mais conversa comigo nem me dava atenção. Senti-me tentado a lhe dizer que preferia ver aquele páreo junto da pista, onde me arranjaria sem binóculo, e abandoná-lo. Mas temi por seu trabalho. Estava absorto, tudo menos vigilante, bem quando era com ele.

— Tem certeza de que está bem? — perguntei, e emendei

em seguida, mais para lembrar-lhe a iminência da sua tarefa: —
Quer que eu vigie, se você está passando mal? Se me mostrar
quem é seu chefe...

— Não há nada que vigiar — respondeu. — Eu sei o que
vai acontecer esta tarde. Ou talvez já tenha acontecido.

— O quê?

— Olhe, a gente não se afeiçoa por quem nos paga para pro-
tegê-lo. Meu chefe, como eu já disse, nem sabe que eu existo, mal
sabe meu nome, para ele eu fui ar estes dois últimos anos, e de vez
em quando me dava uma bronca porque me excedia no zelo. Ele
dá ordens e eu as cumpro, me diz onde e quando quer que eu
esteja, e lá estou, na hora e no lugar indicados. Só isso. Cuido para
que nada lhe aconteça, mas não tenho afeto por ele. Em mais de
uma ocasião pensei em atentar contra ele para aplacar a tensão e
fazer-me sentir necessário, criar eu próprio o perigo. Nada sério,
uma surra na garagem, encenar uma comédia, armar uma
emboscada e fazer-me passar por um assaltante nas minhas horas
de folga. Dar-lhe um susto. Não podia imaginar que fosse chegar
o dia em que tivéssemos de nos livrar dele pra valer.

— Nos livrar? Quem?

— Meu colega e eu. Quer dizer, ou ele, ou eu. Vai ver até
que ele já pôde fazer isso, tomara. Nesse caso, o chefe também
não vai aparecer para este páreo, nem terá saído de casa e estará
estirado no tapete ou metido na mala do carro. Mas se vier, veja
só, é que ele não pôde, então vai ser comigo, na volta do hipódromo, no carro mesmo, enquanto meu colega dirige. Uma corda
ou um tiro fora da estrada. Tomara que não venham, vou logo
dizendo, não tenho nenhum afeto por ele, mas a idéia de eu ter de
me encarregar. Me deixa mal.

Pensei que estava de piada, mas até aquele momento não me
parecera ser um homem dado a piadas, ao contrário, parecia incapaz de fazê-las, por isso — havia pensado fugazmente — tinha

rido tanto quando fiz uma sem muita graça. As pessoas que não sabem fazer piadas se surpreendem tanto que outros as façam, e lhes são gratas por isso.

— Não sei se entendi — falei.

O segurança continuava puxando as costeletas sem constrangimento. Olhou de viés para mim e manteve os olhos assim: fixos em mim, mas de viés.

— Claro que entendeu, é muito claro o que eu disse. Repito que não tenho afeto, mas eu me sentiria aliviado se eles não viessem, se meu colega já tivesse feito a coisa.

— E por que têm que fazer isso?

— É uma história comprida. Por grana, claro, mas não só, às vezes não há outro remédio, às vezes a gente tem de fazer coisas que dão asco, mas tem de fazer, porque é pior não fazer, nunca lhe aconteceu isso?

— Sim, aconteceu — falei —, mas nada tão grave, eu acho. — Olhei de viés para a tribuna das autoridades, um gesto inútil de minha parte. — Se tudo isso é verdade, por que me conta?

— Bah, dá na mesma. Você não vai contar a ninguém, nem que amanhã leia no jornal. Ninguém gosta de se meter em encrenca; se você contar, só vai arrumar problemas e incômodos. E quem sabe ameaças. Ninguém conta nada que não lhe traga algum proveito. Por isso a polícia nem Deus ajuda, eles é que se virem, é o que todo mundo pensa. E ninguém diz nada. Você vai fazer o mesmo, hoje não estou com vontade de guardar segredos.

Peguei o binóculo da mão dele e voltei a olhar para a tribuna, agora com as lentes de aumento. Estava quase vazia, deviam estar todos no bar ou no paddock, faltavam alguns minutos para a largada. O gesto foi ainda mais inútil porque eu não conhecia seu chefe, se bem que talvez pudesse adivinhar quem fosse pela cara de rico, se eu a visse.

— Chegou? — perguntou-me temeroso e olhando para a pista.

— Acho que não, não tem quase ninguém. Veja você mesmo.

— Não, prefiro esperar. Quando começar a carreira, quando todos entrarem. Você me avisa?

— Aviso.

Guardamos silêncio. Tornei a olhar para as suas botas (agora os pés bem juntos) e ele olhava para as abotoaduras da camisa, rosa antigo a camisa, as abotoaduras folhas de fumo. De repente eu me vi desejando que um homem estivesse morto, que seu chefe já estivesse morto. Vi-me preferindo isso, para que não tivesse ele de matá-lo. Começamos a notar que a arquibancada se enchia, o pessoal ia nos apertando, tivemos de ficar de pé para dar lugar.

— Pegue o binóculo — disse-lhe —, combinamos que você veria as largadas. — E passei-o a ele.

O guarda-costas pegou-o e levou-o aos olhos bruscamente, com o mesmo gesto que havia deixado o meu imprestável. Vi como o apontava para o starting gate e, quando os cavalos estavam a ponto de sair disparados, virou o binóculo para a tribuna por uns segundos. Ouvi-o contar:

— Um, dois, três, quatro, cinco, seis, sete, oito, nove, dez. Não veio — disse.

— Estão largando — disse eu.

Voltou a olhar para a pista e, quando os cavalos entravam na primeira curva, ouvi-o gritar:

— Vamos, *Caronte*, vamos! Aí, *Caronte*, dá-lhe!

Apesar da sua empolgação e da sua alegria, teve consciência bastante para me passar o binóculo quando os cavalos chegavam à última curva. Era um homem respeitoso, cumpria sua promessa de me deixar ver a chegada. Pus o binóculo nos olhos e vi *Caronte* ganhar por meio corpo de *Heart So White*, segundo: vencedor e

40

dupla do meu acompanhante naquela tarde. Eu, em compensação, teria de rasgar mais uma vez as minhas pules, chão para elas. Baixei o binóculo e me surpreendeu não ouvi-lo gritar de alegria.

— Você ganhou — disse-lhe.

Mas ele não devia ter acompanhado a última parte da carreira, não devia ter visto. Olhava com seus próprios olhos, sem ajuda de nada, para a tribuna. Estava calado. Virou-se para mim sem me olhar, como se eu fosse um desconhecido. Eu era um desconhecido. Abotoou o jaquetão. Seu rosto tinha ficado novamente sombrio, estava quase decomposto.

— Lá estão eles, chegaram. Chegaram para o quinto páreo — disse. — Sinto muito, tenho de ir para junto deles, ele vai querer me dar instruções.

Não disse mais nada, não se despediu. Em poucos segundos abriu passagem entre as pessoas, vi-o de costas, afastando-se para a tribuna com sua estatura gigante. Ao caminhar apalpava o jaquetão à altura da axila, levava a pistola no coldre. Tinha deixado o binóculo comigo. Rasguei minhas pules, mas não as dele, que eram premiadas. Guardei-as no bolso, pensei que não ia querer recebê-las.

Figuras inacabadas

Não sei se conto o que aconteceu recentemente a Custardoy. Foi a única vez, que eu saiba, que ele teve escrúpulos, ou talvez tenha sido piedade. Vá lá, vou contar.

Custardoy é copista e falsificador de quadros. Cada vez recebe menos encomendas para a sua segunda atividade, a mais bem remunerada, porque as novas técnicas de detecção tornam quase impossível a fraude, pelo menos para os museus. Faz uns meses chegou-lhe um pedido, de um particular: um sobrinho arruinado queria dar um golpe numa tia, trocando por um falso o pequeno e inacabado Goya que ela possuía, escondido em sua casa à beira-mar. Já não podia nem mesmo esperar pela sua morte, pois a tia lhe havia comunicado que, assim como legaria a casa para ele, tinha decidido deixar o Goya de herança para uma jovem empregadinha que fazia algum tempo ela via crescer. Segundo o sobrinho, a tia estava gagá.

Custardoy concordava em trabalhar a partir de fotografias e do relatório que anos antes um perito havia feito, mas pediu para ver o quadro pelo menos uma vez a fim de verificar se a troca seria factível, e para isso foi convidado pelo sobrinho, que se chamava Cámara e que raramente visitava a tia, a passar um fim de semana na casa à beira-mar. A tia vivia sozinha com a jovem empregada, quase uma menina, para a qual comprava livros e material escolar: a garota ia todas as manhãs ao colégio em Port de la Selva, voltava para o almoço e permanecia o resto do dia e a noite à espera de que a patroa pensasse em lhe mandar fazer alguma coisa. A tia, Vallabriga de sobrenome, passava os dias e as noites na frente da televisão ou conversando ao telefone com já esfumadas amigas de Barcelona. Mais que do marido, falecido dez anos antes, sentia saudade de alguém de quem também havia sentido saudade durante o tempo de casada, um lânguido namorado que foi embora com outra na sua juventude, minúscula e remota obsessão. Tinha um cachorro de três patas, a posterior direita amputada depois de ter passado uma noite com ela presa numa armadilha para pegar coelho. Ninguém tinha ido resgatá-lo, o pessoal dos arredores havia tomado seus uivos pelos do lobo. O olhar desse cachorro, segundo o sobrinho Cámara, a tia dizia que lembrava o do namorado perdido e pranteado. "Completamente gagá", acrescentava o sobrinho. Com esse animal e a criadinha, a senhora Vallabriga costumava dar longos passeios pela praia, três figuras inacabadas, a menina por sua meninice, o cachorro por sua mutilação, a tia por sua falsa e sua verdadeira viuvez.

Apesar de usar rabo-de-cavalo, costeleta comprida e sapato plataforma (a modernidade mal entendida, um aspecto reprovável fora das cidades), foi bem recebido: a tia pôde coquetear à moda antiga e deu à menina o que fazer. Depois do jantar, a tia levou Custardoy e o sobrinho Cámara para ver o Goya, que guardava no seu quarto, *Doña María Teresa de Vallabriga*, remota antepassada sem a menor parecença com sua enviesada descendente. "É possível?", perguntou Cámara a Custardoy em voz baixa. "Amanhã eu digo", respondeu Custardoy, e já mais alto: "É um bom quadro, pena que o fundo não esteja terminado", e examinou-o com atenção, apesar de a luz não ser boa. Essa luz iluminava melhor a cama. "Ninguém deve ter freqüentado esta cama nos últimos dez anos", pensou, "ou talvez mais." Custardoy sempre pensa no que as camas contêm.

Naquela noite caiu uma tempestade, e Custardoy ouviu o cachorro coxo latir, do seu quarto do segundo andar. Lembrou-se da armadilha, mas desta vez não devia ser isso, e sim as trovoadas. Aproximou-se da janela para ver se o cachorro estava à vista, e viu-o à beira do mar sob a chuva — grãos de chumbo disparados numa tela agitada —, parado como um trípode e latindo para o ziguezaguear dos raios, como se os aguardasse. "Vai ver que também caiu uma tempestade na noite em que ficou na armadilha", pensou, "e perdeu para sempre o medo deles." Acabava de pensar isso quando viu aparecer a empregadinha correndo, de camisola, levava na mão uma correia para prender o cachorro e tentar arrastá-lo. Viu-a pelejando, seu corpo bem visível sob a roupa molhada, e ouviu uma voz angustiada debaixo da sua janela: "Você vai morrer, você vai morrer!", dizia a voz. "Ninguém está dormindo nesta casa", pensou. "Só Cámara, talvez." Abriu a janela sem fazer barulho e pôs a cabeça um pouco para fora, sem querer ser visto. Notou a chuva forte na nuca e o que viu de cima foi a copa aberta de um guarda-chuva preto, a senhora Vallabriga ansiando pela volta das suas inacabadas figuras, era sua a voz, e era seu o braço nu que de vez em quando aparecia crispado debaixo do guarda-chuva, como se quisesse atrair ou agarrar o animal e a menina, que pelejavam, o cachorro sem pata mal podia correr ou escapar, continuava latindo para os raios que iluminavam seu olhar desobediente de namorado lânguido e o corpo mais adulto do que parecia vestido — o corpo de repente acabado. Custardoy se perguntou quem a tia tinha medo que fosse morrer, e logo soube, quando a menina chegou por fim à porta com o cachorro arrastado e os três desapareceram, primeiro debaixo do guarda-chuva como uma cúpula, depois na casa. Fechou a janela e, já dentro, só ouviu mais duas frases, as duas da tia, a menina devia estar sem fala: "Este vira-lata", disse. E depois: "Vá já para a cama, menina, tire isso". Custardoy ouviu os passos cansados que subiam para o seu andar e então, novamente deitado e quando se fez silêncio depois do último ruído de uma só porta se fechando — uma só porta —, perguntou-se se por acaso não tinha se enganado a respeito da cama que protegia o Goya e que ninguém visitaria. Não se perguntou muito, mas decidiu que na manhã seguinte cometeria uma traição: o relatório que tinha de fazer para Cámara sobre as possibilidades de falsificação diria que não valia a pena falsificar uma cópia. A herdeira do Goya tinha ganhado. Diria a Cámara: "Esqueçamos".*

---

* O caráter ancilar e o lesbianismo insinuado neste miniconto se devem a que os cinco elementos impostos pela encomenda (uma tortura chinesa) me levaram a pensar de imediato em *Rebecca*, de Alfred Hitchcock, ou Daphne du Maurier. (N. A.)

Domingo de carne

Estávamos hospedados no Hotel de Londres e nas primeiras vinte e quatro horas na cidade não havíamos saído do quarto, só tínhamos ido ao terraço para ver dali La Concha, cheia demais para ser um espetáculo agradável. Só é agradável o que não é maciço e é distinguível, e ali não havia maneira de fixar a vista em ninguém, apesar do binóculo, o excesso de carne nivela e iguala. Tínhamos levado o binóculo para se algum domingo fôssemos a Lasarte, ao hipódromo, não há muito o que fazer em San Sebastián nos domingos de agosto, ficaríamos lá apenas três semanas, nossas férias, quatro domingos mas três semanas, porque aquele segundo dia de estada era domingo e partiríamos segunda-feira.

Eu saía ao terraço mais que minha mulher, Luisa, sempre com o binóculo na mão, melhor dizendo, pendurado no pescoço para não escorregar e cair do terraço no chão, espatifando-se. Tentava me fixar em alguém na praia, escolher alguém, mas havia gente demais para poder guardar fidelidade a uma, eu fazia panorâmicas com as lentes de aumento, ia vendo centenas de crianças, dúzias de gordos, dezenas de moças (nenhuma com os peitos de fora, em San Sebastián ainda é pouco freqüente), carne jovem e madura e velha, carne de criança que ainda não é carne, carne de mãe que, em compensação, é a que é mais carne porque já se reproduziu. Logo me cansava de olhar e então voltava para a cama, onde Luisa descansava, beijava-a, depois regressava ao terraço, olhava de novo com o binóculo. Talvez me aborrecesse, por isso senti um pouco de inveja quando vi que dois quartos além, à minha direita, havia um indivíduo que, também de binóculo, mantinha-o fixo em algum ponto interessante, sem baixá-lo senão após um bom momento e sem movê-lo enquanto espiava: sustentava-o no alto, imóvel, um par de minutos, depois descansava o braço e logo em seguida tornava a levantá-lo, sempre na mesma posição, não desviava o olhar nem um átimo. Ele não estava no terraço, ao contrário, observava de dentro do quarto, portanto eu só via seu braço peludo, para onde, exatamente para onde estaria olhando, perguntei-me com inveja, eu desejava fixar minha vista, só quando se fixa se descansa de verdade e se toma interesse pelo que se contempla, eu apenas fazia varreduras, carne e mais carne sem individualizar, se por fim saíssemos do quarto, Luisa e eu, e descêssemos à praia (estávamos esperando que esvaziasse um pouco, na hora do almoço previsivelmente), faríamos parte do conglomerado de carnes idênticas na distância, nossos corpos reconhecíveis ficariam perdidos na uniformidade que a areia, a água e o maiô proporcionam, principalmente o maiô. E aquele homem à minha direita não se fixaria em nós, ninguém que olhava de cima — como ele e eu fazíamos — se fixaria na gente quando fizéssemos parte do desagradável espetáculo. Talvez por isso, para não serem divisados, para não serem focalizados nem distinguidos, é que os veranistas gostam de se desnudar um pouco e misturar-se com outros seminus entre areia e água.

Tentei calcular para que ponto podiam dirigir-se os olhos fixos do homem, do meu vizinho, e consegui demarcar um espaço não suficientemente pequeno para que a minha vista descansasse por completo e tomasse interesse pelo interessante, mas pelo menos desse modo, copiando o olhar dele ou tentando adivinhá-lo, pude descartar a maior parte da extensão que tinha diante de mim, uma praia.

— O que você está espiando? — perguntou minha mulher, da cama. Fazia um calorão e ela tinha posto uma toalha molhada na testa, quase lhe tapava os olhos, que não se interessavam por nada.

— Ainda não sei — respondi sem me virar. — Estou tentando ver o que está espiando um homem que está aqui ao lado, em outro terraço.

— Por quê? É da sua conta? Não seja curioso.

Não era da minha conta, de fato, mas no verão o que a gente faz mais do que qualquer outra coisa é perder tempo, senão a gente não tem a sensação de estar nessa estação, que tem de ser lenta e sem objetivo.

Segundo os meus cálculos e a minha observação, o indivíduo à minha direita devia estar olhando para uma de quatro pessoas, todas elas bem próximas umas das outras e alinhadas na última fila, longe da água. À direita dessas pessoas se abria um pequeno vazio, à esquerda delas também, foi isso que me fez pensar que ele olhava para uma daquelas quatro. A primeira (da esquerda para a direita, como nas fotos) me mostrava ou nos mostrava o rosto, já que estava tomando sol nas costas: era uma mulher ainda moça, lia um jornal, deixava a parte de cima do biquíni desabotoada, não tirava (isso ainda é malvisto em San Sebastián). A segunda estava sentada, outra mulher, mais velha, mais corpulenta, de maiô de uma peça e chapéu de palha, passava creme: devia ser uma mãe, mas seus filhos a tinham deixado, talvez brincassem à beira d'água. A terceira pessoa era um homem, talvez seu marido ou seu irmão, era mais esbelto, tiritava por puro capricho de pé na toalha, como se acabasse de voltar da água (tiritava por puro capricho porque o mar não podia estar frio). A quarta era a mais distinguível porque estava vestida, pelo menos o tórax estava coberto: era um homem mais velho (a nuca grisalha) sentado de costas, ereto, como se por sua vez estivesse observando ou vigiando alguém à beira d'água ou umas filas mais adiante, a praia como um teatro. Fixei meu olhar nele: estava sem dúvida sozinho, não tinha a ver com o que estava à sua esquerda, o homem que tiritava de mentira. Vestia uma camisa verde de manga curta, não dava para ver se embaixo usava maiô ou calça, se estava vestido, inadequadamente naquele lugar, se estivesse chamaria a atenção por isso. Coçava as costas, coçava a cintura, a cintura era grossa, devia lhe pesar, devia ser um desses homens que têm muita dificuldade para se levantar, para isso têm de jogar os braços para a frente, com os dedos esticados como se alguém fosse puxá-los. Coçava as costas, um pouco como se estivesse se assinalando. Não deu para descobrir se ele de fato se levantava assim, com dificuldade, nem para ver se usava calça ou calção de banho, mas deu para perceber que era ele o objetivo do meu vizinho, porque de repente, com meu binóculo fixado por fim na sua cintura grossa e nas suas costas largas, vi como tombava, caía para a frente, sentado, como caem as marionetes quando a mão que as segurava as solta. Eu tinha ouvido um estalo seco e abafado, e ainda tive tempo de ver que o que desaparecia do terraço à minha direita não era o braço do meu vizinho com o binóculo, mas seu braço e o cano de uma arma. Creio que ninguém percebeu, mas o indivíduo que tiritava ficou parado, já sem frio.

Quando fui mortal

Muitas vezes fingi acreditar em fantasmas e fingi acreditar festivamente, e agora que sou um deles entendo por que as tradições os representam desconsolados e insistindo em voltar para os lugares que conheceram quando foram mortais. A verdade é que voltam mesmo. Poucas vezes são ou somos percebidos, as casas em que vivemos mudaram e nelas há inquilinos que nem sequer sabem da nossa existência passada, nem a concebem: tal como as crianças, esses homens e mulheres crêem que o mundo começou com seu nascimento e não se perguntam se no chão em que pisam houve em outro tempo pisadas mais leves ou passos envenenados, se entre as paredes que os abrigam outros ouviram sussurros ou risos, ou se alguém leu em voz alta uma carta, ou apertou o pescoço de quem mais queria. É absurdo que permaneça o espaço e que o tempo se apague para os vivos, ou a realidade é que o espaço é o depositário do tempo, só que é silencioso e não conta nada. É absurdo que seja assim para os vivos, porque o que vem depois é o seu contrário, e para isso falta-nos treino. Quer dizer, agora o tempo não passa, não transcorre, não flui, mas se perpetua simultaneamente e com todos os detalhes, e dizer "agora" talvez seja falácia. Isso é a segunda coisa pior, os detalhes, porque a representação do que vivemos e mal nos afetou quando fomos mortais agora aparece como o elemento horrendo de que tudo tem significado e peso: as palavras ditas irrefletidamente e os gestos maquinais, as tardes da infância que víamos amontoadas desfilam agora uma atrás da outra individualizadas, o esforço de toda uma vida — conseguir rotinas que nivelem os dias e também as noites — revela-se vão, e cada dia e cada noite são relatados com nitidez e singularidade excessivas e com um grau de realidade incongruente com o nosso estado que já não conhece o tátil. Tudo é concreto e é excessivo, e é um tormento sofrer o fio das repetições, porque a maldição consiste em recordar *tudo*, os minutos de cada hora de cada dia vivido, os de tédio, os de trabalho e os de alegria, os de estudo, pesar, abjeção, sonho, e também os de espera, que foram a maioria.

Mas já disse que isso é só o segundo pior, há algo mais lacerante, que é que agora não somente lembro o que vi, ouvi e soube quando fui mortal, mas lembro por completo, isto é, inclusive o que então eu não via, nem sabia, nem ouvia, nem estava ao meu alcance, mas afetava a mim ou àqueles com quem me importava e que talvez me configuravam. A gente descobre agora a magnitude do que vai intuindo à medida que vive, cada vez mais quanto mais adulto se é, não posso dizer mais velho porque não cheguei a sê-lo: a gente só conhece um fragmento do que acontece conosco e, quando acha que pode explicar ou contar o que aconteceu até determinado dia, faltam muitos dados, faltam as intenções alheias e os motivos dos impulsos, falta o oculto: vemos aparecer nossos seres mais próximos como se fossem atores que surgem de repente ante o pano de boca de um teatro, sem que saibamos o que faziam até o segundo anterior, quando não estavam diante de nós. Talvez se apresentem disfarçados de Otelo ou de Hamlet, e há um instante fumassem um anacrônico cigarro impossível nos bastidores e olhassem impacientes para um relógio que já tiraram a fim de aparentar que são outros. Também nos faltam os fatos a que não assistimos e as conversas que não escutamos, as que se dão às nossas costas e nos mencionam ou nos criticam ou nos julgam e nos condenam. A vida é piedosa, assim são todas as vidas ou essa é a norma, por isso consideramos malvados os que não encobrem nem ocultam nem mentem, os que contam quanto sabem e escutam, também o que fazem e o que pensam. Dizemos que são cruéis. E é no estado da crueldade que me encontro agora.

Vejo-me por exemplo menino a ponto de adormecer na minha cama durante tantas noites de uma infância sem sobressaltos ou satisfatória, com a porta do meu quarto entreaberta para ver a luz até o sono me vencer e eu entrar em letargia com as conversas do meu pai, minha mãe e algum convidado para jantar ou comer a sobremesa, este último quase sempre o doutor Arranz, um homem simpático que sempre sorria e falava entre os dentes e que, para meu contentamento, chegava pouco antes que eu adormecesse, a tempo de entrar no meu quarto para ver como eu estava, o privilégio de um controle quase diário e a mão do médico que tranqüiliza e apalpa sob o pijama, uma mão quente e única que toca como depois nenhuma outra sabe tocar ao longo das nossas vidas, e o menino apreensivo sente que qualquer anomalia ou perigo serão detectados por ela e portanto atalhados, é a mão que põe a salvo; e pendurado nos ouvidos o estetoscópio com seu tato salutar e frio no peito encolhido, e às vezes também a herdada colher de prata com iniciais posta ao contrário sobre a língua, o cabo que por um momento parecia ir se cravar na nossa garganta para dar passagem ao alívio de lembrar após o primeiro contato que era Arranz que o segurava, sua mão tranqüilizadora e firme, e dona de objetos metálicos, nada podia acontecer enquanto ele auscultava ou olhava com sua lanterna na testa. Depois da sua rápida visita e suas duas ou três brincadeiras — às vezes minha mãe o esperava encostada no batente da porta enquanto ele me examinava e me fazia rir facilmente, ela também achando graça — eu ficava ainda mais calmo e começava a adormecer enquanto ouvia sua conversa na sala não distante, ou ouvia que ouviam rádio ou jogavam cartas, num tempo em que o tempo mal corria, parece mentira porque não faz tanto assim, se bem que de lá até agora deu tempo para eu viver e morrer. Ouço as risadas dos que ainda eram jovens embora não pudesse vê-los então como tais, mas agora sim: meu pai o que menos ria, um homem taciturno e bem-apessoado com um pouco de melancolia permanente nos olhos, talvez porque havia sido republicano e havia perdido a guerra, e isso deve ser uma coisa de que a gente não se recupera nunca, perder uma guerra contra os compatriotas e os vizinhos. Era um homem bondoso que nunca ralhava comigo nem com minha mãe e ficava muito tempo em casa escrevendo artigos e críticas de livros que no mais das vezes assinava para os jornais com pseudônimos porque era melhor não usar o dele; ou lendo, um afrancesado, romances de Camus e Simenon são os que mais lembro. O doutor Arranz era mais jovial, um homem galhofeiro com seu falar arrastado, cheio de invenção e frases, esse tipo de homem que é o ídolo das crianças porque sabe fazer mágica com o baralho, diverte-as com rimas inesperadas e conversa com elas sobre futebol — Kopa, Rial, Di Stéfano, Puskas e Gento então —, e tem idéia de brincadeiras com as quais estimula e desperta a imaginação delas, já que na prática nunca tem tempo para ficar e brincar. E minha mãe, sempre bem vestida embora não devesse haver muito dinheiro na casa de um vencido de guerra — não havia mesmo —, mais bem vestida que meu pai porque ainda tinha o pai dela que a vestia, meu avô, miúda, risonha e olhando para o marido às vezes com pena, olhando para mim sempre com entusiasmo, também não há muitos outros olhares assim mais tarde, conforme a gente cresce. Vejo agora tudo isso mas vejo por completo, vejo que as risadas da sala nunca eram do meu pai enquanto eu ia mergulhando no sono, mas era dele e somente dele a escuta do rádio, uma imagem impossível até há bem pouco tempo e que agora é tão nítida quanto as antigas que, enquanto fui mortal, iam se comprimindo e se esfumando, cada vez mais quanto mais eu vivia. Vejo que certas noites o doutor Arranz e minha mãe saíam, e agora entendo tantas referências aos bons ingressos, que na minha imaginação de então eu via sempre cortados por um porteiro do estádio ou da praça de touros — esses lugares a que eu não ia — e sobre os quais eu já não imaginava mais nada. Outras noites não havia bons ingressos ou não se falava neles, ou eram noites de chuva que não convidavam a dar um passeio nem a ir dançar, mas agora sei que minha mãe e o doutor Arranz iam para o quarto quando já tinham certeza de que eu estava dormindo depois de ter sido tocado no peito e na barriga pelas mesmas mãos que em seguida tocariam nela, já não quentes e com mais urgência, a mão do médico que tranqüiliza, indaga, persuade, exige; e depois de ser beijado no rosto ou na testa pelos mesmos lábios que depois beijariam — e a saciariam —, a fala entre os dentes e relaxada. E fosse quando iam ao teatro, ao cinema ou ao salão de baile, fosse quando somente iam para o quarto ao lado, meu pai ficava ouvindo rádio sozinho enquanto esperava, para não ouvir nada, mas também, com o passar do tempo e a rotina — com a nivelação das noites que sempre acaba sucedendo quando as noites insistem em se repetir —, para se distrair por meia hora ou três quartos de hora (os médicos estão sempre com pressa), porque acabou se distraindo com o que escutava. O doutor ia embora sem se despedir dele e minha mãe não saía mais do quarto, ficava lá esperando meu pai, punha uma camisola e trocava o lençol, ele nunca a encontrava com suas bonitas saias e meias. E vejo agora a conversa que instituiu esse estado que para mim não era o da crueldade, e sim um estado piedoso que durou minha vida inteira, e nessa conversa o doutor Arranz usa o bigodinho cortante que cheguei a ver nos procuradores das Cortes até a morte de Franco, e não só neles, mas também nos militares e nos notários, nos banqueiros e nos catedráticos, nos escritores e em tantos médicos, mas não em meu pai, foi um dos primeiros a tirá-lo. Meu pai e minha mãe estão sentados na sala e eu ainda não tenho consciência nem memória, sou uma criança que não anda nem fala, que está no berço, que nunca teria por que ter sabido: ela mantém o olhar baixo o tempo todo e não diz palavra, ele tem os olhos primeiro incrédulos, depois horrorizados: horrorizados e temerosos, mais que indignados. E uma das coisas que Arranz diz é esta:

— Olhe, León, eu passo muitas informações à polícia e os meus familiares vão todos à missa, nunca falharam. Demorei a te encontrar, mas sei muito bem o que você fez na guerra, e você se fartou de indicar aos milicianos* candidatos à execução sumária. Mas mesmo que não tivesse sido assim. No seu caso não preciso inventar muito, basta exagerar um pouco, dizer que você mandou para as valas metade da vizinhança não estaria muito longe da verdade, já teria me mandado para lá se tivesse a oportunidade. Passaram-se mais de dez anos, mas seu caso daria fuzilamento se eu levasse a coisa adiante, e não tenho por que me calar. De modo que você vai dizer o que quer: ou se arranja um pouco mal com as minhas condições, ou simplesmente não se arranja mais, nem bem nem mal nem mais ou menos.

— E quais são essas condições?

Vejo o doutor Arranz fazer um gesto com a cabeça em direção à minha mãe calada — um gesto que a coisifica —, minha

---

* Integrantes das milícias republicanas, durante a Guerra Civil espanhola. (N. T.)

mãe que ele também conhecia da guerra e até de antes, também daquela vizinhança que perdeu tantos vizinhos.

— Comê-la. Uma noite sim, outra também, até me cansar. Arranz se cansou, como todos nós nos cansamos de tudo, se nos dão tempo. Cansou-se quando eu ainda estava na idade em que esse verbo tão importante não figura no vocabulário, nem se concebe seu conteúdo. A idade da minha mãe, em compensação, foi a idade em que começou a murchar e a não rir, e meu pai a prosperar e se vestir melhor, e a assinar com seu nome os artigos e as críticas — seu nome que não era León —, e a perder um pouco da melancolia em seus olhos enturvados; e a sair de noite com alguns bons ingressos enquanto minha mãe ficava em casa jogando paciência ou ouvindo rádio, ou pouco depois vendo televisão, mais conformada.

Os que especularam com o além-túmulo ou a continuidade da consciência depois da morte — se é isso que somos, consciência — não levaram em conta o perigo, ou antes, o horror de recordar tudo, inclusive o que não sabíamos: de saber tudo, tudo o que nos diz respeito ou em que estivemos envolvidos, ou tão-só próximos. Vejo com clareza absoluta rostos com os quais cruzei uma só vez na rua, um homem a quem dei uma esmola sem mirá-lo no rosto, uma mulher que observei no metrô e da qual não tornei a me lembrar, as feições de um carteiro que me trouxe um telegrama sem importância, a figura de uma menina que vi numa praia, quando eu também era menino. Repetem-se os longos minutos que passei esperando nos aeroportos, ou fazendo fila num museu, ou olhando para o mar naquela praia distante, ou fazendo uma mala e desfazendo-a depois, os mais tediosos, os que nunca contam e costumamos chamar de tempos mortos. Vejo-me em cidades em que estive muito tempo atrás e de passagem, com horas livres para gastar e depois apagar da minha memória: vejo-me em Hamburgo e em Manchester, em Basiléia e Austin, em lugares a que não teria ido se o trabalho não me houvesse levado. Vejo-me também em Veneza há muito tempo, na minha viagem de lua-de-mel com minha mulher Luisa, com a qual passei estes últimos anos de tranqüilidade e satisfação, vejo-me neles, na minha vida mais recente, embora já seja remota. Volto de uma viagem e ela me espera no aeroporto, não houve uma vez em nosso casamento que ela não fosse lá me receber mesmo que eu tivesse me ausentado apenas uns dias, apesar do trânsito abominável e das prescindíveis obrigações, que são as que mais afligem. Costumava estar tão cansado que só tinha forças para mudar de canal diante da programação idêntica da televisão dos nossos países, enquanto ela me preparava um jantar leve e me acompanhava com uma cara aborrecida mas paciente, sabendo que eu só precisaria do sono e do descanso da noite iminente para me recuperar e no dia seguinte ser o de sempre, um sujeito ativo e brincalhão que falava um pouco entre os dentes, uma forma estudada de acentuar a ironia que agrada a todas as mulheres, elas trazem a gargalhada no sangue e não podem evitar de rir mesmo que detestem quem faz a piada, se a piada tem graça. E, na tarde seguinte, já recuperado, costumava ir ver María, minha amante, que ria ainda mais porque com ela minhas tiradas não estavam gastas.

Tive sempre muito cuidado para não me denunciar, para não ferir e ser piedoso, só via María em sua casa para que nunca ninguém pudesse me encontrar em algum lugar com ela e então perguntar, ou ser cruel e contar mais tarde, ou simplesmente esperar ser apresentado. A casa dela ficava perto e eu passava lá muitas tardes a caminho da minha, não todas, contava atrasar-me tão-só meia hora ou três quartos de hora, às vezes um pouco mais, às vezes me distraía olhando pela sua janela, a janela da amante tem um interesse que a nossa nunca terá. Nunca cometi uma gafe, porque as gafes nessas questões são formas de desconsideração ou, pior ainda, são maldades. Uma vez encontrei María quando eu estava com Luisa, num cinema abarrotado em noite de estréia, e minha amante aproveitou o tumulto para se aproximar da gente e pegar minha mão um instante, ao passar a meu lado sem me olhar, roçou-me com a coxa que eu conhecia tão bem, pegou-me e acariciou-me a mão. Nunca Luisa pôde ver nem se dar conta nem desconfiar o mínimo que fosse daquele contato tênue, efêmero e clandestino, mas mesmo assim resolvi não ver María durante algumas semanas, ao fim das quais, e por eu não atender seus telefonemas no meu escritório, ligou para a minha casa, por sorte minha mulher não estava.

— O que está acontecendo? — perguntou.

— Você não deve ligar nunca para cá, e sabe disso.

— Não ligaria para aí se você me atendesse no escritório. Esperei quinze dias — disse ela.

Respondi então fazendo um esforço para recuperar a raiva que tinha sentido durante esses quinze dias:

— Não te atenderei nunca mais se você voltar a tocar em mim na presença de Luisa. Nem pense nisso.

Ela ficou em silêncio.

Quase tudo se esquece na vida e tudo se recorda na morte, ou neste estado de crueldade que é ser um fantasma. Mas na vida esqueci e tornei a vê-la um dia após o outro, desse modo em que tudo se adia indefinidamente para breve e sempre acreditamos que continua havendo um amanhã em que será possível deter o que hoje e ontem passa, transcorre, flui, o que insensivelmente vai se transformando em outra rotina que a seu modo também nivela nossos dias e nossas noites até que acabe não se podendo conceber esses e estas sem nenhum dos elementos que neles e nelas se instalaram, e as noites e dias hão de ser idênticos pelo menos no essencial, para que não haja renúncia nem sacrifício, quem os quer e quem os suporta? Tudo se recorda agora, e por isso recordo-me perfeitamente da minha morte, isto é, o que soube da minha morte quando ela se produziu, que era pouco e era nada ao ser comparado com a totalidade do meu conhecimento agora e com o fio das repetições.

Voltei de mais uma das minhas viagens exaustivas e Luisa não falhou, foi me esperar. Não conversamos muito no carro, nem enquanto eu desfazia minha mala mecanicamente e dava uma olhada rápida na correspondência acumulada e ouvia os recados na secretária, guardados até o meu regresso. Alarmei-me ao ouvir um deles, porque reconheci logo a voz de María, que dizia meu nome uma vez, depois desligava, e isso fez que meu alarme diminuísse no mesmo instante, uma voz de mulher dizendo meu nome e interrompendo-se não significava nada, não tinha por que ter inquietado Luisa, se ela a ouviu. Deitei-me na cama na frente da tevê e zapeei uns programas, Luisa me trouxe frios com fio de ovos que ela comprara, não deve ter tido vontade ou tempo de fazer uma tortilha. Ainda era cedo, mas ela apagou a luz do quarto para me convidar ao sono, e assim fiquei, modorrento e sossegado pela vaga recordação das suas carícias, a mão que tranqüiliza embora toque o peito distraidamente e quem sabe com impaciência. Depois saiu do quarto e eu acabei dormindo com as imagens passando na tela, houve um momento em que parei de mudar de canal.

Não sei quanto tempo se passou, minto, porque agora sei com exatidão, foram setenta e três minutos de sono profundo e de sonhos que ainda transcorriam no estrangeiro, de onde tinha voltado mais uma vez são e salvo. Então acordei e vi a luz azulada da televisão ligada, mais a luz que iluminava os pés da cama do que uma das suas imagens, porque para isso não tive tempo. Vejo e vi precipitar-se sobre a minha testa uma coisa preta, um objeto pesado e sem dúvida frio como o estetoscópio, mas não era salutar, e sim violento. Caiu uma vez, ergueu-se de novo, e naqueles décimos de segundo antes de tornar a se abater pensei já salpicado de sangue que Luisa estava me matando por culpa daquele telefonema que só dizia o meu nome e se interrompia, talvez houvesse dito muitas coisas mais que ela havia apagado depois de ouvi-las todas, deixando para eu escutar quando voltasse tãosomente o início, somente o anúncio do que me matava. A coisa preta caiu de novo e matou desta vez, e minha última consciência em vida me fez não opor resistência, não tentar detê-la porque era incontrolável e talvez também porque não me pareceu má morte morrer da mão da pessoa com quem havia vivido com tranqüilidade e satisfação, e sem nos fazermos mal até que nos fizemos mal. A palavra é difícil e se presta a equívocos, mas talvez eu tenha chegado a sentir que aquela era uma morte justa.

Vejo isso agora e vejo por completo, com um depois e um antes, embora o depois não me diga respeito em senso estrito e por isso não seja tão doloroso. Mas o antes, sim, ou sim a negação do que entrevi e ensaiei pensar entre a descida, a subida e a nova descida da coisa preta que acabou comigo. Vejo agora Luisa falando com um homem que não conheço e que também usa bigode como o doutor Arranz usou em seu tempo, embora não cortante mas suave e denso, com alguns fios grisalhos. É um homem de meia-idade, como foi a minha e talvez também a de Luisa, apesar de eu a ter visto sempre como uma jovem, da mesma maneira como nunca pude ver assim meus pais e Arranz. Estão na sala de uma casa que também não conheço e que é a dele, um lugar eclético, cheio de livros, de quadros, de enfeites, uma casa estudada. O homem se chama Manolo Reyna e tem dinheiro suficiente para nunca sujar as mãos. Falam em sussurros sentados num sofá, é de tarde e estou nesse instante visitando María, duas semanas atrás, duas antes da minha morte ao voltar de uma viagem, e essa viagem ainda não começou, está nos preparativos. Os sussurros agora são nítidos, têm um grau de realidade incongruente, não com meu estado que não conhece o tátil, mas com a própria vida, nada nela nunca é tão concreto, nada respira tanto. Mas há um momento em que Luisa ergue a voz, como a gente ergue para se defender ou para defender alguém, e o que diz é isto:

— Mas ele sempre se portou muito bem comigo, não tenho do que reclamar, por isso é muito difícil.

E Manolo Reyna responde arrastando as palavras:

— Não seria mais fácil nem custaria menos se ele tivesse tornado a sua vida impossível. Na hora de matar alguém o que esse alguém fez não conta, sempre parece um ato excessivo para qualquer comportamento.

Vejo Luisa levar o polegar à boca e mordiscá-lo um pouco, um gesto que a vi fazer tantas vezes quando hesita, melhor dizendo, antes de se decidir sobre alguma coisa. É um gesto trivial, e é mortificante que também apareça no meio da conversa a que não assistimos, que se trava às nossas costas e nos menciona, critica ou até defende, ou nos julga e condena à morte.

— Mate-o você, então, não me peça para cometer esse ato excessivo.

Vejo agora também que quem empunha a coisa preta perto da minha televisão acesa não é Luisa, tampouco Manolo Reyna com seu nome folclórico, mas alguém contratado e pago para fazê-la abater-se duas vezes sobre a minha testa, a palavra é sicário, na guerra tantos milicianos foram assim utilizados. Meu sicário bate duas vezes e bate desapaixonadamente, e essa morte já não me parece justa, nem adequada, nem, é claro, piedosa, como costuma ser a vida e foi a minha. A coisa preta é um martelo com cabo de madeira e cabeça de ferro, um martelo vulgar e comum. É o da minha casa, reconheço-o.

Lá onde o tempo transcorre e flui já passou muito tempo, tanto que não resta ninguém que eu conheci ou com quem tive contato, ou que suportei, ou amei. Cada um deles, suponho, voltará sem ser percebido a esse espaço em que se acumulam esquecidos os tempos e não verá ali nada mais do que estranhos, homens e mulheres novos que crêem, como as crianças, que o mundo começou com seu nascimento e para os quais não faz nenhum sentido perguntar-se por nossa existência passada e varrida. Agora Luisa recordará e saberá o que não soube em vida nem tampouco na minha morte. Não posso falar agora de noites ou dias, tudo está nivelado sem necessidade de esforço nem rotinas, nas quais posso dizer que conheci sobretudo a tranqüilidade e a satisfação: quando fui mortal, já faz tanto tempo, lá onde ainda há tempo.

Todo mal volta

Para o médico noturno,
que não quis ser fictício

Hoje recebi uma carta que me fez lembrar de um amigo. Escreveu-a uma desconhecida, minha e do meu amigo.

Conheci esse amigo há quinze ou dezesseis anos e deixei de vê-lo já há dois, por causa da sua morte e não de outra coisa, se bem que nunca tenhamos nos visto muito, dado que ele vivia em Paris e eu em Madri. Eu visitava a sua cidade com razoável freqüência, ele muito raramente a minha. Mas não nos conhecemos em nenhuma delas, e sim em Barcelona, e antes de nos encontrarmos pela primeira vez eu já tinha lido um texto dele que me havia sido mandado pela editora madrilena para a qual eu naquela época escrevia pareceres (mal remunerados, como de costume). Aquele romance ou o que quer que fosse era muito dificilmente publicável, e dele não lembro quase nada: só que tinha inventiva verbal, grande senso de ritmo e considerável cultura (o autor conhecia a palavra "pernície"), mas que, quanto ao mais, era quase inin-

63

teligível, ou o era para mim: se eu fosse um crítico teria de dizer que se tratava de um continuador aumentativo de Joyce, mas menos pueril ou senil que o último Joyce que ele seguia à distância. Mesmo assim recomendei-o e mostrei meu apreço relativo num parecer, e isso fez que sua agente me telefonasse (aquele escritor com vocação de inédito tinha, todavia, uma agente) para marcar um encontro por ocasião de uma viagem do seu representado a Barcelona, onde vivia a família dele e também vivia eu, fazia quinze ou dezesseis anos.

Chamava-se Xavier Comella, e eu nunca soube ao certo se os negócios a que veladamente se referia de vez em quando como "os negócios da família" eram a cadeia de lojas de roupa de mesmo nome nessa cidade (suéteres, eminentemente). Dado o caráter iconoclasta do seu texto, eu esperava encontrar um indivíduo barbado e selvático, ou um iluminado com algo de polinésio e brincos de metal, mas não foi assim: pela boca do metrô de Tibidabo, onde havíamos marcado o encontro, apareceu um homem um pouco mais velho que eu, de vinte e oito ou vinte e nove anos então, e muito mais bem trajado (sou pessoa tradicionalista, mas ele usava gravata e abotoadura, o que era raro na nossa idade e naquela época, gravata de nó estreito); com um rosto enormemente antiquado, parecia saído dos mesmos anos de entreguerras de que procedia a sua literatura: o cabelo alourado penteado para trás e levemente ondulado, como o de um piloto de caça ou de um ator francês em preto-e-branco — Gérard Philipe ou Jean Marais na juventude — ; a íris cor de xerez com uma mancha escura no branco do olho esquerdo que fazia seu olhar olhar ferido; a mandíbula forte, como se estivesse sempre apertada, uma dentadura agradável e robusta, um crânio bem visível através da fronte limpa, um desses crânios que parecem sempre a ponto de estourar, não tanto por seu tamanho, que era normal, mas porque não parecia bastar ao osso frontal a pele esticada para contê-lo, talvez fosse efeito de um par de veias verticais, demasiado protuberantes e azuis. Era bem-apessoado e amável, mais que isso, era extraordinariamente educado, ainda mais para a sua idade e para a época tão grosseira, um desses homens com os quais você prevê que não poderá tomar liberdades, mas em compensação, poderá confiar. Tinha um deliberado aspecto estrangeiro ou talvez extraterritorial que acentuava seu alheamento em relação ao tempo que lhe havia tocado, aspecto sem dúvida burilado pelos sete ou oito anos já fora do nosso país: falava espanhol com a agradável entonação dos catalães que sabem falar mais do que catalão (suaves *c* e *z*, suaves *g* e *j*) e com uma certa hesitação antes de soltar as frases, como se tivesse de levar a cabo uma mínima tradução mental prévia, as três ou quatro primeiras palavras de cada oração. Sabia várias línguas e lia nelas, inclusive em latim, de fato comentou que viera lendo os *Tristia* de Ovídio no avião de Paris, e comentou isso não tanto com pedantismo mas com a satisfação que dá alcançar o que custa esforço. Tinha um quê de mundano e gostava de tê-lo e exibi-lo, durante a longa conversa que travamos no bar de um hotel próximo falamos muito de literatura, pintura e música, quer dizer, dos assuntos que facilmente se esquecem, mas me contou um pouco da sua vida, sobre a qual tanto naquela ocasião como nos anos posteriores em que nos relacionamos sempre falava com um contraditório misto de discrição e despudor. Ou seja, contava tudo ou quase tudo, coisas muito íntimas, mas com uma naturalidade séria — ou era tato — que em certo sentido lhes reduzia a importância, como se acreditasse que tudo o que é estranho e terrível e angustiante e triste capaz de acontecer com alguém não é outra coisa senão o normativo e a sina de todos, logo, também daquele que ouve, e que não deverá surpreender-se. Nem por isso carecia do modo confidencial, talvez mais como parte da bagagem de gestos do homem atormentado do que por ter ele verdadeira consciência do que era em princípio incontável, ou aquilo que se julgava que o era. Naquela primeira oportunidade contou-me o seguinte: havia estudado medicina mas não a exercia, vivia, inteiramente dedicado à literatura, de uma larga herança ou de rendas familiares, talvez procedentes de um avô têxtil, não me lembro mais. Dispunha delas e as vinha explorando havia uns sete ou oito anos, os que estava em Paris, para onde tinha se mudado graças a esse dinheiro, fugindo da para ele medíocre e átona vida intelectual barcelonesa, que de resto não tivera tempo de conhecer mais que pela imprensa, dada sua juventude ao partir. (Cresceu em Barcelona mas havia nascido em Madri, por ser sua mãe dessa cidade.) Em Paris casou-se com uma mulher chamada Éliane (sempre a chamava assim, nunca o ouvi dizer "minha mulher"), cujo gosto para as cores, disse, era o mais requintado que se podia encontrar num ser humano (não perguntei, mas supus que nesse caso devia ser pintora). Tinha um amplo e ambicioso projeto literário, do qual já havia realizado vinte por cento, assinalou com precisão, embora nada ainda houvesse sido publicado: tirando os mais chegados, eu era a primeira pessoa que se interessava pelos seus escritos, que compreendiam não só romances, mas ensaios, sonetos, teatro e até uma peça para marionetes. Era evidente que ele acreditava em demasia na minha influência dentro da editora, sem saber que minha voz era só uma entre muitas, e não das mais autorizadas, dada a minha juventude. Deu-me a impressão de que devia ser bastante feliz, ou aquilo que por isso se costuma entender: parecia muito apaixonado pela mulher, vivia em Paris enquanto na Espanha acabávamos de sair do franquismo, se é que tínhamos saído, não precisava trabalhar nem tinha outras obrigações além das que ele próprio se impusesse, provavelmente levava uma interessante ou amena vida social. E no entanto, já naquele primeiro encontro, havia nele um elemento de turvação e desassossego, como se emanasse dele uma nuvem de sofrimento, ou talvez fosse uma poeira que ele ia condensando para depois sacudi-la e deixá-la para trás. Quando me falou do muito que elaborava seus textos, das infinitas horas que havia empregado para trabalhar cada uma das páginas que eu tinha lido, achei que fosse só isso: uma concepção tão antiquada quanto ele mesmo, quase patética, da escrita, um apelo à dor necessária para conseguir que as palavras transmitam algo de comoção sem que importe seu significado, como a música ou a cor sem figuras conseguem ou a matemática deveria conseguir, ele disse. Perguntei-lhe se também lhe havia custado horas uma das suas páginas mais fáceis de recordar, na qual aparecia tão-só, cinco vezes por linha, o gerúndio "cavalgando", assim: "cavalgando cavalgando cavalgando cavalgando cavalgando", a mesma coisa em todas as linhas. Olhou para mim com surpresa — uns olhos ingênuos — e ao fim de alguns segundos deu uma risada. "Não", respondeu, "essa página não levou horas, claro. Você, hein!", acrescentou com inesperada simplicidade e tornou a rir.

Reagia sempre um pouco atrasado às brincadeiras, ou, melhor dizendo, às leves caçoadas às quais principalmente mais para a frente eu me permitia para reduzir a intensidade do que às vezes ele me contava ou dizia. Era como se não compreendesse de imediato o registro irônico, como se também nisso tivesse de efetuar uma tradução: ao cabo de um instante de desconcerto ou assimilação desatava a rir abertamente com uma gargalhada quase feminina de tão generosa, como se admirado de que alguém tivesse capacidade para fazer chacota no meio de uma conversa séria, se não solene ou até dramática, e as apreciava muito, a chacota e a capacidade. Isso costuma acontecer com as pessoas que acreditam não ter um átomo de frivolidade; ele tinha, mas não sabia. Ao ver sua reação arrisquei mais uma gozação (talvez deva dizer que é minha principal forma de mostrar simpatia e afeto), e disse a ele mais tarde: "A verdade é que só te falta publicar para ter uma vida idílica, de conto de Scott Fitzgerald antes que as coisas se compliquem para os personagens". Isso o deixou um pouco sombrio, ocorreu-me que talvez pela menção a um autor que não devia lhe interessar nada, menos até que a mim. Respondeu-me com gravidade: "Também me sobra alguma coisa". Fez uma pausa teatral, como se decidisse se ia me contar ou não o que já tinha na ponta da língua. Guardei silêncio. Ele o suportou (suportava o silêncio melhor do que ninguém); eu não. Perguntei: "O quê?". Esperou mais um pouco e depois respondeu: "Sou melancólico". "Ora", eu disse sem conseguir evitar o sorriso, "costuma recorrer a isso quem tem privilégios excessivos a serem perdoados. Mas é uma doença antiga e como tal não deve ser grave, suponho: nada clássico é muito grave, não é mesmo?"

Nele quase nunca havia segundas intenções e se apressou a desfazer o que julgou ser um equívoco. "Sofro de depressão melancólica quase o tempo todo", disse; "vivo medicado e isso a atenua, mas se interrompesse a medicação eu me suicidaria, é quase certo. Antes de ir a Paris já tentei uma vez. Não é que me houvesse acontecido nada de concreto, nenhuma desgraça, é que eu simplesmente sofria e não suportava viver. Isso pode me acontecer de novo a qualquer instante, claro que aconteceria se interrompesse a medicação. É o que me dizem e provavelmente têm razão, eu sou médico." Não fazia drama, falava daquilo de forma absolutamente desapaixonada, no mesmo tom em que me havia contado o resto. "Como foi?", perguntei. "Na casa de campo do meu pai, em Gerona, perto de Cassá de la Selva. Apontei uma carabina para o peito, prendendo a coronha entre os joelhos. Eles tremeram, fraquejaram, a bala se incrustou numa parede. Eu era moço demais", acrescentou à guisa de desculpa e sorriu amavelmente. Era um homem muito cortês, não me deixou pagar.

Trocamos correspondência, começamos a nos ver quando eu ia a Paris, talvez tenha ido poucos meses depois de me recompor de algum desgosto, lá eu podia me hospedar em casa de uma amiga italiana cuja companhia sempre me divertiu e portanto me consolou. A de Xavier Comella me interessou e me distraiu então, mais adiante se transformou em algo que pedia repetição, como acontece no caso das pessoas com quem a gente conta também em sua ausência.

Xavier morava provisoriamente na casa do sogro com sua mulher Éliane, francesa de origem e traços chineses, delicada até a náusea como tem de ser toda mulher oriental que se pretenda refinada, e aliás ela era mesmo. Seu fantástico gosto para as cores, tão elogiado pelo marido, não tinha por destino nenhuma tela, mas a decoração, pareceu-me que até então mais de casas de amigos e conhecidos do que de verdadeiros clientes, também a do restaurante de seu pai, o sogro, a que nunca fui mas que segundo Xavier era "o mais refinado restaurante chinês da França", o que também não era exagero, ou pelo menos era enigmático. Na presença da esposa as atenções de quem ia se tornando meu amigo se extremavam, a ponto de serem às vezes levemente incômodas: pedia-me que não fumasse porque ela ficava enjoada com a fumaça; nos cafés tínhamos de nos sentar sempre nos terraços envidraçados pelo mesmo motivo e porque ali o ar circulava melhor, e dispor-nos de tal maneira que ela ficasse de costas para a calçada, pois a vista do trânsito a aturdia; não se podia ir a um lugar nem a um cinema que estivesse um pouco cheio porque as massas angustiavam Éliane, nem, é claro, a nenhuma cave ou barzinho apertado, porque lhe davam claustrofobia; havia também que evitar os espaços muito amplos como a Place Vendôme, porque além do mais sofria de agorafobia; não podia ficar de pé sem andar mais tempo do que dura um sinal de trânsito e, se era preciso fazer fila para um teatro ou um museu, mesmo que de poucos minutos, Xavier acompanhava Éliane a um café próximo e a depositava ali — depois de certificar-se de que não havia nenhuma ameaça, o que levava certo tempo, tão variadas eram — para que esperasse sentada e a salvo; entre umas e outras, quando ele voltava ao meu lado para solidarizar-se com meu lento avanço eu já tinha comprado os ingressos ou entradas e era preciso voltar para pegá-la: a essa altura ela já tinha pedido um chá e era preciso esperar que o tomasse: em mais de uma ocasião o espetáculo começou sem a gente ou tivemos de ver o museu apertando o passo. Sair com os dois era um pouco enjoado, não só por essas sujeições e inconvenientes, mas também porque o espetáculo da adoração nunca é agradável de contemplar, menos ainda se quem adora é alguém por quem se tem apreço: inspira pudor, dá vergonha, no caso de Xavier Comella era como estar assistindo à manifestação — ou parte — da sua intimidade mais apaixonada, o que é algo que só toleramos em nós mesmos— como nosso próprio sangue, como nossas unhas cortadas. E talvez fosse mais embaraçoso ainda porque vendo Éliane dava para entender ou imaginar: não que ela fosse de uma beleza descomunal, era mais para calada (claro que não pedia nada nem se queixava porque isso não casava com o refinamento, nem precisava: Xavier era solícito e consumado intérprete das suas necessidades), na minha lembrança é uma figura completamente esfumada, mas seu maior atrativo — e era muito grande — residia provavelmente em que mesmo em sua presença, no presente, você já a sentia como uma lembrança, uma esfumada e tênue lembrança e, como tal, harmoniosa e pacífica, sedativa e um pouco nostálgica e inapreensível. Tê-la nos braços devia ser como abraçar o que se perdeu, às vezes isso acontece nos sonhos. Xavier me disse uma vez que era apaixonado por ela desde os catorze anos: não me atrevi a perguntar como e onde a tinha conhecido tão cedo, não sou de perguntar muito. Ficou-me uma imagem dos dois juntos que predomina sobre todas as outras: num mercado de flores e plantas ao ar livre começou a chover muito forte uma manhã, mas o passeio tinha sido feito para que Éliane escolhesse as primeiras peônias do ano e outras plantas, de modo que não passou pela cabeça de ninguém achar um lugar, nem havia, para nos pormos ao abrigo, mas Xavier abriu o guarda-chuva e esmerou-se para que nela não caísse uma só gota durante seu percurso minucioso e inalterável, seguindo-a a um par de passos com a sua abóbada impermeável no alto e ensopando-se ele, em compensação, como um lacaio devotado e acostumado. Uns passos atrás ia eu, sem guarda-chuva mas sem me atrever a desertar do cortejo, lacaio de categoria inferior, menos fervoroso e sem recompensa.

Quando ficávamos sem ela, ele falava e contava mais, mais também do que nas cartas, afetuosas mas muito sóbrias, às vezes de um laconismo tão tenso que pressagiava alguma explosão — como sua testa de pele esticada e veias salientes — que se produziria já fora do envelope. Foi sem ela presente que ele me falou que era dado a arroubos de violência tão difíceis de imaginar, e ao longo de treze ou catorze anos não assisti a nenhum, mas é verdade que nos víamos só de quando em quando e sua vida agora se apresenta a mim como um livro deteriorado com numerosas páginas sem imprimir, ou como uma cidade vista somente de noite e de passagem, mesmo se muitas vezes. Uma vez me contou que numa recente visita a Barcelona havia agüentado em silêncio as admoestações burlescas do pai, separado da sua mãe e casado de novo, até que num arrebatamento tinha começado a destroçar a casa dele, havia atirado móveis contra a parede e derrubado lustres, rasgado quadros e arrasado estantes, e é claro que arrebentado a televisão. Ninguém o deteve: ele se acalmou ao cabo de alguns minutos demolidores. Contava isso sem complacência, mas também sem arrependimento nem pesar. Esse pai eu conheci em Paris, com sua nova mulher holandesa que tinha um brilhante incrustado numa das asas do nariz (uma avançadinha para a sua época). Chamado Ernest, não se parecia com Xavier mais que pela testa ossuda: era muito mais alto e de cabelos negros sem um fio branco, talvez pintados, um homem vaidoso, indulgente e despreocupado, levemente altivo com o próprio filho, a quem, era evidente, não levava a sério, se bem que isso talvez não tivesse nada de especial, já que não parecia encarar nada desse jeito. Passava a impressão de um playboyzinho empedernido, que ainda se dedicava a concursos de hipismo, tiro ao prato e — naquela temporada — a folhear tratados de filosofia hindu: um desses indivíduos, cada vez mais raros, que parecem estar sempre de robe de seda. Xavier também não o levava a sério, mas não podia se mostrar altivo, em parte porque isso o irritava e em parte porque não havia herdado esse traço.

Foi também sem Éliane presente que nos dois ou três anos dos nossos primeiros encontros Xavier me contou a morte do filho recém-nascido, não me lembro se estrangulado pelo próprio cordão umbilical, sem dúvida não, porque me lembro, isso sim, de um dos seus tão parcos comentários (nem sequer tinha me dito que esperavam um filho): "Para Éliane foi mais grave do que para mim", disse. "Não sei como vai reagir. O pior é que o menino chegou a existir, de modo que não podemos esquecê-lo, já tínhamos lhe dado nome." Não perguntei qual era o nome, para não ter de lembrá-lo eu também. Anos mais tarde, falando-me de outra coisa — mas talvez não pensasse em outra coisa —, escreveu-me: "O que mais me revolta é ter de enterrar o que acaba de nascer". Ainda não tinha se separado de Éliane — ou Éliane dele — no dia em que me falou de um projeto literário que necessitava de um experimento. Disse-me: "Vou escrever um ensaio sobre a dor. Pensei primeiro em fazer um tratado estritamente médico e intitulá-lo *Dor, anestesia e diestesia*, mas vou mais além, o que na realidade me interessa na dor é o mistério que representa,

72

seu caráter ético e sua descrição em palavras, e tudo isso é alguma coisa cuja possibilidade tenho à mão: planejei suspender dentro de alguns dias minha medicação contra a depressão melancólica e ver o que acontece, ver até onde posso agüentar e examinar o processo da minha dor mental que acaba se tornando física de diversas formas, mas sobretudo através de enxaquecas inimagináveis. A palavra enxaqueca sempre parece leve por culpa das esposas insatisfeitas ou esquivas, mas encerra um dos maiores sofrimentos que o homem pode conhecer, sem dúvida nenhuma. Existe a possibilidade de que, se eu quiser parar o experimento, talvez seja tarde demais, mas não posso deixar de levar a cabo essa pesquisa". Xavier Comella escrevera mais romances e mais poesia, umas *"imaginarias"** — no sentido de "guardas" — e uma epistemologia, e por tudo isso havíamos conseguido que a editora madrilena graças à qual nos conhecemos aceitasse por fim publicar seu romance *Vivissecção*, muito mais extenso do que o que eu tinha lido; mas ainda não viera a lume por causa de incontáveis atrasos, e ele estava trabalhando em uma tradução de *A anatomia da melancolia* de Burton, encomendada pela mesma editora, que o havia escolhido para a tarefa também por causa da sua profissão. Continuava sendo um autor inédito e, de vez em quando, desesperado, tomava a decisão de continuar sendo-o para sempre: cancelava contratos que depois tinha de refazer, sorte que o editor era um homem paciente, temerário e afetuoso, coisa quase nunca vista. "Você não tem curiosidade de ver seu livro publicado", eu disse a ele. "Sim, claro que sim", replicou, "mas não posso esperar, e com o ensaio sobre a dor terei completado sessenta por cento da minha obra", tornou a assinalar com a costumeira precisão. "O dia em que o conheci você me disse que sem a sua medicação o mais provável é que você se suicidasse, mas, se isso acontecer, sua

---

* *Imaginaria*: em espanhol, "sentinela", "vigia". (N. T.)

obra vai ficar apenas em cinqüenta por cento, talvez menos, depende da porcentagem que o ensaio represente. E cinqüenta por cento é pouco, não?" Ele riu com atraso, como sempre, e me disse com a estranha simplicidade verbal em que às vezes incorria: "Você tem cada uma...". Não me preocupei muito, sempre pensava que a verdade dele era exagerada quando me contava os episódios mais dramáticos e espetaculares.

Nos meses seguintes, suas cartas tornaram-se mais austeras do que o habitual, e sua letra infantil mais apressada. Só ao se despedir dizia alguma frase sobre si mesmo, ou seu estado, ou sobre o andamento da experiência: "Em nossos dias a velocidade máxima rumo ao futuro continua sendo insuficiente e não envelhecemos em relação a ele, e sim em relação ao nosso passado. Meu futuro perfeito tem pressa; meu passado perfeito não tem freios". Ou então: "Sempre vivi com a apreensão de ter de me calar um dia, definitivamente. Enfim, amigo, estou mais pusilânime que nunca". Mas pouco depois: "Sou cada vez mais invulnerável por dentro e combustível por fora". E mais adiante: "Nem viver nem morrer, mas talvez durar seja o mais heróico no homem". E na carta seguinte: "O que pensarão de nós? O que pensamos de nós? O que você pensará de mim? Não quero saber. Mas a pergunta me produz certo abatimento. Nem mais nem menos". "Como eu lhe falei no decorrer da nossa conversa em frente ao Luxemburgo", dizia uma vez referindo-se à obra cujo advento invocava, "minha porta de entrada consiste em provocar uma recaída no cólico endógeno, e quando os meandros dos setenta primeiros escólios conduzirem você ao último, você compreenderá o porquê, ainda mais se se lembrar do que comentei a respeito das condições privilegiadas que minha doença reúne. Claro, esse regresso ao Hades é um pouco besta, e sou o primeiro a me censurar, mas como se contentar com atuns quando se está equipado para tubarão?" E também: "Não estou outra vez muito mal. É a mesma vez". Teve de interromper a experiência antes do esperado: ele calculava que necessitaria de seis meses para alcançar o auge, mas com quatro teve de ser hospitalizado por duas semanas, incapaz de agüentar sem sua medicação e ainda sem os meios para escrever. Sei que sua família e os médicos o repreenderam muito.

Pouco depois produziram-se reveses e mudanças em cadeia, que ele no entanto me transmitia espaçadamente, sem dúvida por delicadeza: só quando já fazia algum tempo que havia ocorrido me comunicou sua separação de Éliane. Não me deu explicações lineares, mas ao longo de uma nossa conversa — desta vez em Madri, numa visita a um irmão que agora vivia aqui — deu-as a entender, e entendi estas quatro: um filho morto não une necessariamente, às vezes separa, quando a presença de um não faz mais que recordar essa morte ao outro; os anos de espera de algo concreto, um livro e sua publicação, ficam justamente quebrados quando o esperado chega; o que nasce na infância não se acaba nunca, mas tampouco se consuma; não é que um possa, tenha de suportar sua própria dor, mas o que não se pode é pedir que assistamos ao que o outro inflige a si mesmo, porque nunca veremos a sua necessidade. Aquela ruptura não supôs, contudo, o fim da adoração: Xavier esperava que o divórcio demorasse, e também que Éliane não fosse embora de Paris, ofereciam-lhe um excelente emprego como decoradora em Montreal.

Mais tarde comunicou-me que sua herança ou suas rendas tinham chegado ao fim (vai ver que eram quantias que seu pai desviava dos negócios da família e se cansou de prosseguir com essa prática). Até então seu único trabalho remunerado tinha sido a tragédia monumental de Burton, a cujos cinqüenta por cento ainda não tinha chegado; desconhecia o que eram horários e, claro, madrugar. Decidiu exercer então sua carreira esquecida e iniciou os trâmites para fazê-lo em Paris, de onde não queria se mudar em hipótese alguma enquanto Éliane lá permanecesse.

Esperou a nacionalidade e o doutorado de estado, teve de trabalhar de início como enfermeiro, depois num posto de saúde ("Homens e mulheres, anciãos e adolescentes transformados em funilaria: vou lá para arbitrar entre horrores e bagatelas"). Esteve a ponto de entrar para os Médecins du Monde ou os Médecins sans Frontières, organizações que o teriam enviado a uma temporada na África ou na América Central com as despesas pagas mas sem lhe dar um salário, de lá teria voltado com os bolsos vazios. Não dispunha mais de todo o seu tempo para escrever e reduziu a velocidade com que ia atingindo o tal dos seus cem porcento. De Éliane não queria falar muito, mas em compensação falava sim de outras mulheres jovens ou nem tanto, entre elas minha amiga italiana que eu lhe havia apresentado anos antes: segundo ele, ela foi muito cruel; segundo ela, só se defendeu: depois de passarem uma noite juntos ele saiu da casa dela para voltar poucas horas depois com sua bagagem, já disposto a morar lá. Foi expulso com indignação feminina. Eu ouvi ambas as versões e não opinei, só lamentei.

Não era mais um autor inédito, mas seu romance não vendeu nem teve resenhas na Espanha, como era de esperar. Quando eu ia a Paris costumávamos jantar ou almoçar no Balzar ou no Lipp, e isso não mudou, mas agora ele me deixava pagar a conta, mesmo que outrora houvesse imposto a lei da hospitalidade: você é um forasteiro e esta é a minha cidade. Continuava se vestindo bem — lembro muito dele com uma capa elegante —, como se a isso não pudesse renunciar por educação, talvez a única herança do pai. Pode ser, entretanto, que já não combinasse as cores tão adequadamente, como se isso houvesse dependido do excepcional senso de Éliane para elas e para tudo o que fosse ornamento. Uma vez mencionou-a numa carta: "Da raiz separada de Éliane brotam com fúria rebentos de raio pelos quais se me vai a metade da vida", disse. Durante os dois anos em que não nos vimos mudou um pouco fisicamente, e com seu tato de sempre avisou-me: "Não só estou cansado mentalmente mas além disso em péssima forma física. Testemunha de acusação é a alopecia galopante que me obriga a usar gorro para me proteger do malhumorado outono desta latitude". Teve de mudar para um bairro meio magrebino. Numa das minhas viagens não atendeu o telefone, embora eu soubesse que estava em Paris. Pensei que talvez tivessem cortado a linha, peguei o metrô e me apresentei na sua remota e desconhecida casa, quer dizer, no que descobri ser seu quarto, tão exíguo e tão pouco mobiliado, paradeiro da desolação. Mas na realidade dessa cena só lembro seu rosto de alegria ao me ver à porta. Na sua mesa de trabalho havia um copo de vinho.

As coisas foram melhorando um pouco enquanto eu me distanciava e ia à Itália, não mais a Paris, quando viajava. Xavier Comella encontrou por fim um emprego perfeito para seus propósitos, apesar de — em consonância — não lhe proporcionar muito dinheiro: médico interino ou suplente num hospital, quase só trabalhava quando precisava ou queria: contanto que cobrisse um mínimo de suplências por mês, ficava à sua vontade aumentar o número segundo suas forças ou necessidades, e isso lhe permitiu voltar a ter tempo para a impaciente execução da sua obra. Essa impaciência eu não entendia muito bem, dado que depois de *Vivissecção* nada mais veio à luz: nem seu romance *Hécate*, nem a intitulada *A espada sem fio*, nem seu *Tratado da vontade* nem seus poemas que às vezes me mandava eram aceitos por nenhuma editora. Lembro-me de dois versos de uma *"imaginaria"* que recebi: "Vigília do teu geminado espírito/ És o sonho em que por corpo me nego". Tudo o que escrevia continuava sendo dificilmente compreensível, tudo o que escrevia tinha brio. Eu o lia pouco, ele continuava traduzindo a *Anatomia*.

Já fazia uns dez ou onze anos que nos conhecíamos quando uma manhã tornamos a nos sentar no terraço envidraçado de um café em Saint-Germain. Ele tinha enobrecido de aspecto e aprendido a pentear o cabelo, que ia escasseando como se tivesse ficado mais louro. Vi-o animado depois daqueles anos em que tinha estado doente, e ele me informou dos importantes avanços dos seus escritos, havia chegado aos oitenta e três e meio por cento da totalidade da sua obra, pelo que me disse, já assimilando minha ironia a esse respeito. Depois fez sua expressão de confidência e ficou mais sério: só lhe faltavam dois textos para terminar, um romance que se intitularia *Saturno* e o adiado ensaio sobre a dor. O romance seria o último por suas complicações técnicas, e agora se sentia com forças para voltar ao seu experimento e suspender de novo a medicação. Esperava agüentar desta vez o bastante para poder pôr-se a escrever sabendo o que precisava saber. "Nestes anos de exercício da minha profissão vi muita dor, inclusive administrei-a: combati-a e permiti-a, conforme fosse mais benéfico para o paciente; suprimi-a de cabo a rabo com morfina e outros medicamentos e drogas que não se encontram no mercado e a que só nós, médicos, temos acesso, muitos são um segredo tão bem guardado como se fosse segredo de guerra, o que as farmácias e os postos de saúde dão é uma parte mínima do que existe; mas de tudo há um mercado negro. A dor eu vi, eu observei, eu graduei, eu medi, mas agora me cabe sofrê-la de novo, e não só a física, com a qual é fácil lidar, mas também a psíquica, a dor que faz que a cabeça pensante não deseje outra coisa senão parar de pensar, e não pode. Tenho a convicção de que a maior dor é a da consciência, contra a qual não há remédio nem atenuação, nem mais cessação senão a morte, e mesmo assim disso não estamos seguros." Desta vez não tentei dissuadi-lo, nem sequer da maneira oblíqua e levíssima como havia feito ante o seu primeiro anúncio da pesquisa pessoal. Tínhamos muito respeito um pelo outro, só disse a ele: "Bem, mantenha-me a par".

Não se pode dizer que o fez, isto é, não me foi informando do seu processo nem do raciocínio, talvez não pudesse falar a esse respeito a não ser indiretamente e através de sensações, sintomas e estados de espírito, aos quais não via inconveniente em fazer referência, e assim, em suas cartas dos meses seguintes — eu estava em Madri ou na Itália — não contava muito do que lhe ocorria ou do que pensava, missivas mais lacônicas que de costume, mas de vez em quando soltava uma frase que me anuviava, nítida ou enigmática, confessional ou críptica conforme o caso: das segundas, que costumavam vir no final das cartas, justo antes da despedida ou até mesmo depois, num post-scriptum, voltei a ler hoje umas tantas: "Dor pensamento prazer e futuro são os quatro números necessários e suficientes do meu interesse". "Nada macula mais que o excesso de pudor: pague antes de ser o seu próprio Shylock." "Façamos o possível para não nos desengatarmos do último vagão." "Se não desertas do deserto o deserto se fará transitivo e te desertará e transitivo não no *tê* mas no fazer-te deserto." "Um forte abraço e não dê descanso a ninguém. Poderiam fazer você pagar por ele." Dizia essas coisas. Entre as primeiras há uma continuidade, um progresso até: "Nem me apetece escrever, nem me apetece exercer, nem viajar, nem pensar, nem sequer desesperar", dizia, e na seguinte: "Leio por simulacro de ocupação". Algum tempo depois pensei que ele tinha se recuperado um pouco, já que mencionava abertamente — a única vez — a provação em que estava imerso: "Da minha experiência ética da dor endógena continuo à espera de que estoure a bombarelógio que montei no princípio do verão mas não sei o dia nem a hora. Como está vendo, mas não pare muito para olhar, é demasiado patético para merecer consideração, e se algo de titânico existe em tudo isso a verdade é que eu me sinto francamente anão".

Não sei o que lhe respondia, nem se lhe perguntava, a gente esquece das próprias cartas quando as põe na caixa do correio, ou mesmo antes, quando lambe o envelope e o fecha. Ele continuava me dando sucinta ciência da sua inatividade: "Um pouco de medicina, muito pouco de escrita, um pouco mais de recolhimento. A verborréia úmida". Eu me lembrava que em sua primeira e fracassada tentativa havia falado de seis meses como o tempo que precisaria ter resistido sem sua medicação para alcançar o que buscava, por isso esperei que com a chegada do inverno sua bomba-relógio explodisse ou que ele tivesse de pará-la, nem que fosse para ir direto ao hospital outra vez. Mas essa estação só contribuiu para a sua piora, que ele no entanto não deve ter julgado suficiente: "Estou como que exangue faz dois meses. Nem escrevo, nem leio, nem ouço, nem vejo. Escuto trovoadas, isso sim, mas não sei se é uma tempestade que se afasta ou se aproxima, nem sei se é passada ou futura. Aqui termino: o abutre já me bica no hemisfério esquerdo". Supus que se referia à enxaqueca que o torturava.

Passaram-se então quase dois meses sem nenhuma notícia, e ao fim desse tempo recebi em Madri um telefonema de Éliane. Depois da separação dos dois não havia mantido nenhum contato com ela, mas não tive condições de demonstrar surpresa, pensei logo no pior. "Xavier me pediu para lhe telefonar", disse-me em francês com aquele tempo verbal que indica tão pouco sobre quando aconteceu o acontecido, e antes que continuasse perguntei-me se teria pedido isso antes de morrer ou naquele mesmo instante, se estivesse vivo. "Teve uma recaída muito forte e está hospitalizado, talvez por pouco tempo; por ora não vai poder lhe escrever e não queria que você se preocupasse. Esteve mal, mas já está melhor." Havia nas suas palavras tanto convencionalismo quanto era admissível num telefonema assim, mas eu me atrevi a perguntar duas coisas embora isso implicasse violentar uma lembrança, quer dizer, para quem já era duas vezes lembrança: "Ele tentou suicidar-se?". "Não", respondeu, "não foi isso, mas esteve muito mal." "Você vai voltar com ele?" "Não", respondeu, "isso é impossível."

Nos dois últimos anos da nossa amizade nos correspondemos menos e nos encontramos menos, fui só uma vez a Paris, ele nunca mais voltou a Madri. Foi deixando de responder a minhas cartas ou demorava demais, e tudo requer um ritmo. Há mais coisas dele muito desoladoras, não quero contar agora, eu não as vivi e só soube delas por suas confidências. A última vez que nos vimos foi numa viagem minha muito breve, almoçamos no Balzar; ele tinha engordado um pouco — inchado o peito —, o que não lhe caía mal. Sorria com freqüência, como alguém para quem é um acontecimento sair para almoçar. Contou-me com cautela e poucas palavras que durante o nosso silêncio por fim havia escrito o ensaio sobre a dor. Achava que esse seria publicado, mas não disse mais nada sobre o texto. Agora já se dedicava ao último, ao *Saturno*, escrevia-o sem pausa mas com grande dificuldade. Tudo aquilo me pareceu meio alheio: sua vida tinha se tornado ainda mais fragmentária para mim, mais fantasmática, como se nas últimas páginas do livro deteriorado aparecessem apenas os sinais de pontuação, ou como se houvesse começado a sentir também a si como lembrança, ou quem sabe como alguém fictício. Estava quase careca mas seu rosto continuava bonito. Pensei que suas veias ainda mais visíveis pareciam altos-relevos. Nos despedimos ali, na rue des Écoles.

Depois disso só recebi uma carta, e um telegrama, a primeira ao fim de vários meses, em que dizia: "Não lhe escrevo porque enfim tenho o que lhe dizer, mas precisamente porque o tempo passa e me deixa cada vez menos para contar. Nada positivo. Horrível inverno, cheio de meandros repletos de redemoinhos. Sedimentos e caos. Um silêncio editorial desmaterializador. Um divórcio com Éliane. E náusea diante de toda criação. A semana passada foi de um tédio coagulante. Anteontem à noite foi pior: despertou-me um alarido, meu". E o post-scriptum depois da assinatura dizia: "De modo que só enegrecerei um pouco mais minha cinzenta matéria".

Não me preocupei especialmente e não respondi porque duas semanas depois viajaria de novo a Paris. Isso foi há dois anos, ou pouco mais. Já estava havia três dias na cidade, hospedado como sempre na casa da minha amiga italiana, e ainda não tinha ligado para ele, esperando me livrar primeiro das minhas ocupações. Estava havia três dias lá quando voltei da rua para casa e a amiga italiana que foi cruel com ele ou se defendeu dele me deu a notícia da sua morte voluntária, anteontem. Já não era muito moço, não falhou; era médico, foi preciso; e evitou toda dor. Dias depois consegui falar com a mãe dele, que nunca conheci: disse-me que Xavier havia terminado *Saturno* duas noites antes de anteontem (os cem por cento, acabou com a vida ao acabar o papel). Tinha feito duas cópias, tinha escrito três cartas que foram encontradas em cima da mesa junto de um copo de vinho: para ela, para a agente que não teve sucesso, para Éliane. Na carta à mãe explicava o rito: pensava ler umas páginas, ouvir um pouco de música, tomar um pouco de vinho antes de se deitar. Ao telefone ela não soube me dizer que música nem que linhas, e não tornei a perguntar para não ter de recordar isso também. Das mais de mil páginas da *Anatomia* de Burton chegou a traduzir setecentas — sessenta e dois por cento —, e o resto ainda espera alguém que se decida a concluir a tarefa. Não sei o que foi feito do seu ensaio sobre a dor.

O telegrama encontrei ao regressar a Madri. Escrevera-o um homem vivo mas o que eu lia era de um morto. Dizia isto: "TODO BEM VAI NADA VAI BEM TODO MAL VOLTA MEU MELHOR ABRAÇO XAVIER". Hoje recebi uma carta que me fez lembrar desse amigo. Escreveu-a uma desconhecida, minha e dele.

Menos escrúpulos

Eu andava tão ruim de dinheiro que tinha me apresentado aos testes para aquele filme pornô dois dias antes e tinha ficado atônita ao ver quanta gente aspirava a um desses papéis sem diálogo, quer dizer, só com exclamações. Tinha ido até lá com o coração apertado e envergonhado, dizendo a mim mesma que minha filha precisava comer, que afinal não tinha nada de mais e que era improvável que alguém que me conhecesse fosse ver esse filme, embora eu saiba que todo mundo sempre acaba sabendo de tudo o que acontece. E não creio que um dia eu vá ser alguém, para que no futuro queiram me chantagear com meu passado. Aliás, motivos para isso já não faltam.

Ao ver aquelas filas na casa, nas escadas e na sala de espera (os testes, bem como a filmagem, eram feitos numa casa de três andares, na Torpedero Tucumán, naquelas bandas, não conheço bem), me deu medo de que não me escolhessem, quando até aquele instante meu verdadeiro temor havia sido o contrário e este outro a minha esperança: que não lhes parecesse bastante bonita, ou bastante gostosa. Esta última era uma esperança vã, chamei a atenção toda a minha vida, sem exagero mas chamei, não me serviu para grande coisa. "Não vou conseguir mesmo este trabalho", pensei ao ver todas aquelas mulheres que se candidatavam. "A não ser que o filme tenha uma cena de orgia em massa e necessitem de figurantes de montão." Havia muitas moças da minha idade e mais jovens, também mais velhas, senhoras com aparência bem do lar, mães como eu sem dúvida nenhuma, mas mães de proles, com cinturas irrecuperáveis, todas vestindo saias um pouco curtas, sapatos de salto e malhas justas, como eu mesma, mal maquiadas, na realidade era absurdo, íamos aparecer nuas, se é que apareceríamos. Uma ou outra havia trazido os filhos, que corriam pelas escadas para cima e para baixo, as outras faziam gracinhas para eles quando passavam. Também havia muitas estudantes de jeans e camiseta, deviam ter pai, o que pensariam seus pais se fossem aceitas e eles vissem o filme por acaso um dia; embora fosse para comercializar só em vídeo, depois fazem o que bem entendem, acabam passando na tevê a horas tantas da madrugada, e um pai com insônia é capaz de tudo, uma mãe menos. As pessoas não têm um puto e existem muitos desocupados: sentam na frente da televisão e vêem qualquer coisa para matar o tempo ou matar o vazio, não se escandalizam com nada, quando alguém não tem nada tudo lhe parece aceitável, as barbaridades parecem normais e os escrúpulos vão para o espaço, e no fim das contas essas porcarias não fazem mal a ninguém, a gente até as vê com curiosidade às vezes. E descobre coisas.

Dois sujeitos saíram do quarto de cima onde estavam sendo realizados os testes, para lá da sala de espera, e ao ver a fila puseram as mãos na cabeça e decidiram percorrê-la lentamente — degrau por degrau —, dizimando-a. "Você pode ir", diziam a uma senhora. "Você não é adequada, não serve, não precisa esperar", iam dizendo às mais matronas e também às moças com aspecto mais tímido ou bobocas, chamando todas de você. De uma pediram a carteira de identidade ali mesmo. "Não trouxe", respondeu. "Então fora, não queremos encrenca com menores", disse o mais alto, que o outro chamou de Mir. O mais baixo usava bigode e parecia mais educado ou mais atencioso. Deixaram a fila reduzida a um quarto, só ficamos umas oito ou nove, e foram nos mandando entrar. Uma das que me precedeu saiu chorando ao cabo de uns minutos, não fiquei sabendo se porque a rejeitavam ou porque a tinham feito fazer algo humilhante. Talvez tenham debochado do seu corpo. Mas quando alguém vem a essas coisas já deve saber o que esperar. Comigo não fizeram nada, só o previsível, me disseram para tirar a roupa, por partes primeiro. Numa mesa estavam Mir, o baixote e outro, de rabo-de-cavalo, como um triunvirato, depois tinha uns técnicos e de pé um sujeito com cara de macaco e calça vermelha de braços cruzados que não sei o que fazia, podia ser um amigo que tinha pintado na sessão, um voyeur, um tarado, a cara era de tarado. Fizeram umas tomadas de vídeo, me examinaram bem, por aqui e por ali, ao natural e no visor, dê uma voltinha, levante os braços, normal, um pouco de vergonha é claro que passei, mas quase caí na risada ao ver que tomavam notas numas fichas, muito sérios, como se fossem professores num exame oral, santo Deus. "Pode se vestir", disseram depois. "Aqui, depois de amanhã às dez. Mas venha bem dormida, não me apareça com essas olheiras de sono, você não imagina como saem na tela." Foi Mir que disse isso, e era verdade que eu estava com olheiras, mal tinha pregado os olhos pensando no teste. Já ia saindo quando o sujeito de rabo-de-cavalo, que chamavam de Custardoy, me deteve com a voz um momento. "Escute", disse ele, "para que não haja surpresas nem problemas e para que você não nos deixe na mão na última hora: a coisa vai ser francês, cubano e trepada, falou?" Virou-se para o cara alto, a fim de confirmar: "Grego não, né?". "Não, não, com esta não, que é novata", respondeu Mir. O primata descruzou os braços e voltou a cruzálos, contrariado, que figura com aquelas calças vermelhas. Tentei puxar pela memória rapidinho; já tinha ouvido aqueles termos, ou tinha visto nos anúncios sexuais dos jornais, talvez tenha entendido o que significavam, de forma aproximada. "Grego não", tinham dito, de modo que este não tinha importância, pelo menos por enquanto. "Francês", acreditei lembrar-me. Mas e "cubano"?

— O que é cubano? — perguntei.

O homem baixo olhou para mim com ar de reprovação.

— Ora, moça — disse, e levou as mãos aos peitos que não tinha. Não tive certeza de entender direito, mas só me atrevi a lhe perguntar outra coisa:

— Meu colega já foi escolhido? — Fiquei com vontade de dizer "meu colega de elenco", mas pensei que podia parecer deboche.

— Sim, vai conhecê-lo depois de amanhã. Não se preo-cupe, ele tem experiência e vai te conduzir muito bem. — Foi essa a expressão que o baixinho empregou, como se falasse de dançar à moda antiga, agarradinho, quando ainda fazia sentido dizer "eu conduzo".

Agora eu estava de novo na salinha de espera, esperando para filmar, esperando com o colega, que acabavam de me apresentar, estendeu-me a mão. Tínhamos nos sentado no sofá um tanto pequeno, tanto que ele logo passou para uma poltroninha que fazia par, a fim de ficar mais confortável. O cara alto, o cara baixo, o do rabo-de-cavalo e os técnicos estavam filmando com outro casal (esperava que o tarado não estivesse presente, me davam medo seus olhos esbugalhados e o nariz cortado, as calças de matar). No cinema tudo demora séculos e está sempre atrasado, pelo que sei, e tinham nos dito para esperar e ir nos conhecendo. Aquilo era um absurdo. "Não conheço esse homem e daqui a pouco estarei chupando o pau dele", pensei, e não pude evitar pensá-lo com essas palavras. "Que sentido tem nos conhecermos um pouco, conversar." Eu quase não me atrevia a olhar para ele, espiava com o canto do olho, um ataque de pudor dos mais inoportunos. Quando me apresentaram o cara disseram: "Este é o Loren, seu parceiro". Eu teria preferido que o tivessem chamado de *partner*, mas ninguém ali devia conhecer essa palavra. Ele devia ter uns trinta anos, usava jeans, chapéu e botas de caubói, os atores todos americanizados, mesmo que sejam atores pornôs. É assim que muitos começam, quem sabe um dia faria sucesso. Não era nada feio, apesar da pinta, um tipo atlético dos que fazem academia, com o nariz ligeiramente ganchudo e olhos cinzentos, tranqüilos e frios; os lábios eram agradáveis, mas isso eu talvez não tivesse de beijar, a boca agradável. Não parecia nada inibido, estava de pernas cruzadas como um caubói e folheava um jornal, não me dava muita atenção. Havia sorrido para mim quando fomos apresentados, tinha os dentes separados, o que o fazia meio criança de rosto. Havia tirado o chapéu então, mas o havia posto logo em seguida, vai ver que ia ficar de chapéu durante as cenas. Ofereceu-me pastilhas de alcaçuz, não quis, ele chupava duas de cada vez, talvez fosse melhor não nos beijarmos. Trazia no pulso uma tira de couro ou de pele de elefante, bem justa, eu não chamaria aquilo de pulseira. Suponho que era moderno, senti-me antiquada na hora com minha saia apertada, minhas meias pretas e meus saltos altos, não sei por que cargas-d'água havia posto os mais altos que tenho, talvez não quisessem que eu os tirasse se prestassem atenção, muitos homens gostam de nos ver assim, peladas de salto alto, um pouco infantil toda essa fantasia, ele de chapéu e eu calçada. Percebi que eu estava puxando um pouco para baixo a saia, que subia demais quando eu sentava, e aquilo já me pareceu um disparate. Meu *partner* nem dava bola para as minhas coxas, e fazia bem, dali a pouco não haveria mais saia nem nada.

— Desculpe — disse-lhe então —, você já trabalhou nisto antes, não é?

Desviou a vista do jornal mas não o largou, como se ainda não estivesse certo de que iria iniciar uma conversa em regra, ou talvez estivesse certo do contrário.

— É — respondeu —, mas não muito, duas, não, três vezes, faz pouco tempo. Já me disseram que você é principiante. — Agradeci que dissesse "principiante" em vez de "novata", como Mir, alto e calvo. — Não fique acanhada, o pior é isso, é só você me seguir e aproveitar quanto puder, e não ligue para os outros.

— Falar é fácil — respondi. — Espero que tenham paciência se eu ficar nervosa. Estou um pouco nervosa.

O ator Lorenzo sorriu com seus dentes espaçados. Estava lendo a página de esportes. Parecia muito seguro de si, porque me disse:

— Olhe, você nem vai perceber que estão filmando. Eu me encarrego — falou mais com ingenuidade do que com arrogância, não foi isso que me incomodou, mas o fato de que nem lhe ocorresse pensar que não seriam as testemunhas a causa principal do meu provável nervosismo em cena.

— Está bem — respondi, sem me atrever a contestá-lo, talvez intimidada. — Mas vai haver interrupções, não vai?, para as diferentes tomadas e tudo o mais, não é? E o que acontece então? O que se faz enquanto isso?

— Nada, você põe um robe, se quiser, e toma uma cocacola. Não se preocupe — repetiu. — Existem coisas piores. E, se você precisar, na certa têm um pozinho.

— Ah é, existem coisas piores? — disse eu, agora um pouco irritada com a despreocupação excessiva dele. — Vai ver que não conheço ainda; vamos, diga uma. — Ele pôs finalmente o jornal de lado, e eu me apressei a acrescentar: — Olhe, quero deixar claro que não digo isso por você, hein? Não estou me referindo a você, entende, não é? Faço por causa do dinheiro, mas não vá me dizer que não é um mau momento. Bem, não sei se para você, mas para mim, claro.

Loren não fez caso dos meus esforços para não magoá-lo e se prendeu às minhas frases anteriores. Olhou para mim com a sua expressão sossegada mas com uma leve exaltação agora, como se eu o tivesse provocado e ele fosse alguém sem capacidade para tanto, para sentir-se provocado, e não soubesse encontrar o tom adequado. Tinha os olhos cinzentos também um pouco separados, os dois bem distantes do seu nariz ganchudo, que parecia puxar os lábios para cima, aquele tipo de fossa nasal que parece sempre resfriada.

— Vou te contar uma coisa pior — falou. — Vou te contar. O que eu fazia antes era muito pior. Não que eu pretenda continuar nisto para sempre, mas dá para ir levando até aparecer outra coisa, e você não sabe a maravilha que é isto perto do que eu fazia antes.

— O que você fazia antes? Atiravam facas em você no circo?

Não sei por que disse isso. Suponho que tenha soado ofensivo, como se o ator Lorenzo viesse necessariamente do campo mais chinfrim do espetáculo. Afinal de contas, eu estava agora metida na mesma coisa que ele, e simplesmente havia perdido meu emprego já fazia dois anos e tinha um ex-marido desaparecido, missing, e a filha comigo. Vai ver que ele também tinha uma filha. Além do mais não há espetáculos desse tipo, é uma coisa antiquada, quase não há mais nem circo.

— Não, sua engraçadinha — disse ele, mas sem censura e sem intenção de revidar, não sei se porque era tolerante ou porque não soube fazê-lo. Respondeu como respondem as crianças no colégio: — Não, sua engraçadinha. Eu era tutor.

— Tutor? Como assim, tutor? Tutor de quê? — Era a

última palavra que eu esperava ouvir dos seus lábios e não pude dissimular, talvez minha surpresa também tenha sido ofensiva. Encarei-o bem de frente, um tutor, parecia saído de um bangue-bangue italiano.

Ele tocou na aba do chapéu meio contrariado, como se o estivesse colocando.

— Bom, quer dizer que tinha alguém sob a minha tutela, sob a minha proteção. Como um guarda-costas, mas era diferente.

— Ah, bom, guarda-costas, sei — falei com certa aversão e como que o rebaixando de categoria. — E era tão ruim assim? Você teve de se colocar muitas vezes entre seu chefe e as balas ou o quê? — Eu não tinha motivo para ser grossa com ele, mas as impertinências saíam, acho que eu estava ficando doente com a idéia de ter de chupar sua pica sem preâmbulos dentro de um instante, cada vez faltava menos. Olhei involuntariamente para os seus colhões, logo desviei a vista. Voltei a pensar no assunto com essa expressão mesma, a idade vai tornando a gente grosseira, ou ligamos menos se o somos, ou é a pobreza: quanto menos se tem, menos escrúpulos. Ao ficarmos mais velhos também há menos vida, não sobra tanta.

— Não, não era esse tipo de guarda-costas, não sou um gorila — disse ele sem se ressentir dos meus sarcasmos, com seriedade e sem fingimento, com transparência. — Tinha de vigiar uma pessoa que estava mal, para evitar que se machucasse, é muito difícil evitar isso. Você tem de estar vinte e quatro horas por dia em cima, o tempo todo atento, e nunca consegue evitar tudo.

— Quem era? O que tinha?

Loren tirou o chapéu e pôs-se a acariciar a copa com o antebraço direito, como fazem os caubóis do cinema. Talvez tenha sido um gesto de respeito. Seus cabelos começavam a clarear.

— Era a filha de um cara rico, multimilionário, você não

imagina, um empresário desses que nem sabem quanto dinheiro têm. Você deve ter ouvido falar nele, mas prefiro omitir seu nome. A filha estava pirada, uma histérica com tendências suicidas, volta e meia tentava. Podia levar uma vida aparentemente normal semanas a fio, depois, de repente, sem dar nenhum sinal, cortava o pulso na banheira. Doidinha mesmo. Não queriam interná-la porque isso é muito duro e além do mais todo mundo acaba sabendo, das tentativas de suicídio só uns poucos, os que estávamos por perto. De modo que me contrataram para que eu impedisse, sim, como um guarda-costas, mas não para protegê-la de outros, como é comum, e sim dela mesma. Seus amigos me tomavam por um guarda-costas convencional, mas não era. Meu caso era outro, era como um custódio.

Pensei que devia conhecer essa palavra porque tinha se dado ao incômodo de procurar uma para se definir. Conheceu-a ao procurá-la.

— Sei — disse. — E isso era pior. Que idade ela tinha? Por que não contrataram um enfermeiro?

Loren passou o dorso da mão no queixo, a contrapelo, como se descobrisse de repente que não estava barbeado. Ia ter de me beijar em todas as partes. Mas parecia bem barbeado, senti-me tentada eu a passar a mão em seu rosto, não me atrevi, poderia ter tomado por uma carícia.

— Porque um enfermeiro chama mais a atenção, o que faz uma moça o dia todo com um enfermeiro nos calcanhares. Que tivesse guarda-costas se entendia, o pai cheio da grana. Ela podia levar uma vida normal, garanto, ia à universidade, vinte anos, ia às festinhas e às suas coisas de patricinha, e ao psiquiatra, claro, mas não é que andasse o dia inteiro deprimida e coisa e tal, não. Ficava normal uma temporada, e era simpática, viu? De repente tinha um ataque, e o ataque era sempre suicida, e era imprevisível quando. Nenhum objeto cortante no seu quarto, nem tesoura nem canivete nem nada, nem cintos com que pudesse se enforcar, nada de comprimidos por perto, nem mesmo aspirina; até os sapatos de salto, sua mãe cuidava que não fossem muito pontudos, já que uma vez ela tinha rasgado a bochecha com um, tiveram de lhe fazer uma cirurgia plástica, não dava pra ver mas tinha se feito um senhor corte, sem dó nem piedade. O salto que você está usando não lhe seria permitido, arma miúda. Nisso era tratada como uma presidiária, nenhum objeto perigoso. O pai dela esteve a ponto de lhe tomar também os óculos escuros quando viu *O poderoso chefão III*, tem um cara no filme que é morto com os óculos, com a parte mais cortante da haste, jesus, tinham revistado o cara de alto a baixo e ele vai e degola o outro com isso. Você viu *O poderoso chefão III*?

— Acho que não, vi o um.

— Se você quiser, te empresto em vídeo — disse Loren amistosamente. — É o melhor dos três, de longe.

— Não tenho vídeo. Continue — respondi, temendo que de uma hora para a outra a porta se abrisse e aparecesse a cara alta de Mir, ou a ossuda de Custardoy, ou o bigode baixo para nos mandar entrar e rodar nossas cenas. Não poderíamos conversar durante elas, ou não da mesma forma, exigiriam concentração em nosso trabalho.

— Era isso, tinha de estar o dia todo em cima e dormir com um olho aberto, eu no quarto ao lado, o meu e o dela comunicando-se por uma porta da qual eu tinha a chave, sabe, como nos hotéis às vezes, a casa era imensa. Mas, claro, há infinitas maneiras de se fazer mal, se alguém está disposto mesmo a se matar sempre acaba conseguindo, do mesmo modo que um assassino, se alguém quer dar cabo de alguém acaba dando por mais proteção que esse alguém tenha, mesmo que seja o primeiro-ministro, mesmo que seja o rei, se alguém se empenha em matar e não lhe importam as conseqüências, acaba matando quem quiser, não há o que fazer, tem tudo a seu favor se não lhe importar o que vai lhe acontecer depois. Veja o Kennedy, veja na Índia, não sobra um político vivo. Pois é a mesma coisa com quem assassina a si mesmo, acho graça dos suicídios fracassados. A princesa de repente se jogava de cabeça nas escadas rolantes do El Corte Inglés e nós a recolhíamos com a testa aberta e as pernas em carne viva, e a sorte foi que eu ainda a segurei. Ou se precipitava contra uma porta de vidro, contra uma vitrine em plena rua, você não sabe como é, toda cheia de cortes e com centenas de caquinhos cravados, uma loucura, gritando de dor, porque se você não se mata, dói pra caramba. Também não podiam trancafiá-la, assim não teria se curado. Eu me acostumei a ver perigos por toda parte, e isso é um horror, ver o mundo inteiro como uma ameaça, nada é inocente e tudo está contra, no mais inofensivo via um inimigo, minha imaginação tinha de se antecipar à dela, agarrá-la pelo braço cada vez que íamos atravessar uma rua, tratar que não se aproximasse de nenhuma janela alta, nas piscinas prestar a máxima atenção, afastá-la de um operário que passasse carregando um vergalhão, era capaz de tentar se espetar nele, ou foi o que me acostumei a pensar, que podia fazer qualquer coisa, você desconfia de tudo, das pessoas, dos objetos, das paredes. — "Assim vivia eu quando minha menina era pequena", pensei; "ainda vivo assim um pouco, nunca totalmente sossegada. Conheço isso. Sim, é horrível." — Uma vez tentou se atirar nas patas dos cavalos em plena reta final, no hipódromo, tive sorte de agarrá-la pelas canelas quando já estava a ponto de chegar à pista, aproveitou que eu estava ocupado com as apostas e escapuliu, nem te conto os minutos de pânico até que a peguei, já ia correndo na direção dos cavalos. — O ator Lorenzo fez uma pausa apenas verbal, não mental, vi como continuava ruminando o que contava ou ia contar. — Aquilo era muito pior do que isto, garanto, uma tensão tremenda, uma aflição contínua, principalmente depois que eu a comi, eu a comi duas vezes: a porta contígua, a chave em meu poder, as noites sempre meio acordado e sobressaltado, sabe como é, era quase inevitável. Além do mais, enquanto eu estava assim com ela não havia perigo, não podia lhe acontecer nada comigo por cima abraçando-a, comigo por cima ela estava a salvo, compreende. — "O sexo é o lugar mais seguro", pensei, "você controla o outro, mantém o outro imobilizado e a salvo." Fazia tempo que eu não estava nesse lugar seguro. — Mas, claro, você come uma mina um par de vezes e se afeiçoa a ela. Bom, não muito, tenho minha namorada, não necessariamente, mas já é outra coisa, você tocou nela, você a beijou e não a vê mais como antes, e ela fica carinhosa com você. — Perguntei-me se eu ficaria carinhosa com ele depois da sessão que nos esperava. Ou se ele se afeiçoaria a mim por causa disso. Não o interrompi. — De modo que, além da tensão do trabalho, eu tinha a preocupação, aliás, o pânico, não queria que acontecesse nada com ela, por nada deste mundo queria que lhe acontecesse alguma coisa. Ou seja, um rabo-de-foguete, e perto daquilo isto aqui é canja.

"Rabo-de-foguete" e "canja" são expressões que se ouvem cada vez menos, parecem de piada.

— Sei — eu disse. — E o que aconteceu, você se encheu? — perguntei sem esperança de que fosse responder afirmativamente. Na realidade ele já tinha me contado o que havia acontecido, por seu modo de ruminar e me contar o resto.

Loren pôs novamente o chapéu e aspirou com força por suas fossas nasais que pareciam umedecidas, como se juntasse energia para um esforço. A aba do chapéu tapou-lhe o olhar cinzento e frio, sua cara era agora nariz e lábios, os lábios agradáveis que ela não beijaria, nos filmes pornôs não há beijos na boca.

— Não, fiquei sem emprego. Falhei, a princesa cortou o pescoço na cozinha de casa faz três semanas, no meio da noite, e eu nem sequer a ouvi sair do quarto, o que você acha disso. Fiquei sem ninguém para cuidar. Um desastre, que desastre. — Por um instante assaltou-me a dúvida de que o ator Lorenzo estava representando, para me distrair e aliviar os nervos. Pensei um momento na minha filha, eu a tinha deixado com uma vizinha. Ele se pôs de pé, deu uns passos pela sala puxando sua calça de caubói. Parou na frente da porta fechada por onde teríamos de passar já, já. Achei que ia bater nela mas não bateu. Só disse mal-humorado: — Bom, tomara que esta porra comece logo de uma vez, não vou ficar o dia todo aqui.

Sangue de lança

Para Luis Antonio de Villena

Despedi-me para sempre do meu melhor amigo sem saber que estava me despedindo, porque na noite seguinte, com muito atraso, descobriram-no estirado na cama com uma lança no peito e uma mulher desconhecida ao lado, também morta mas sem a arma homicida no corpo porque a arma era a mesma e devem tê-la arrancado depois de cravá-la, para misturar seu sangue com o do meu melhor amigo. As luzes estavam acesas e a televisão ligada, e assim sem dúvida tinham permanecido aquele dia inteiro, o primeiro do meu amigo sem vida ou do mundo sem a sua mundana presença desde trinta e nove anos atrás, lâmpadas incoerentes com o sol severo da manhã e talvez não tanto com o céu tormentoso da tarde, mas o gasto teria incomodado Dorta. Não sei direito quem paga os gastos dos mortos.

Estava com a testa inchada por um golpe anterior, não era um galo ou se era ocupava a superfície toda, a pele esticada sobre o crânio elefantino, como se houvesse se franksteinizado na morte, o arrancamento dos cabelos deixando uma pequena calva que ele nunca teve. Esse golpe deve tê-lo colocado fora de combate mas, ao que parece, não lhe havia feito perder de todo a consciência, porque estava de olhos abertos e óculos postos, se bem que o lanceiro pode tê-los posto depois, como zombaria, ninguém precisa de óculos quando é certo que já não vai ver mais nada: tome, quatro olhos, para que enxergue direito o caminho do inferno. Vestia o roupão de banho que usava sempre à guisa de robe, comprava um novo a cada poucos meses e este último foi amarelo, talvez devesse ter evitado essa cor, como os toureiros. Estava de chinelo, chinelo duro e rígido como de americano, uma espécie de mocassim bem decotado no peito do pé, sem debrum e com a sola plana, a gente se sente mais seguro se ouve os próprios passos. As duas pernas nuas apareciam por entre as abas, vi que embora fosse um homem peludo tinha as panturrilhas calvas, há quem perca os pêlos nessa zona por causa do eterno roçar das calças, ou das meias se forem de cano alto, são chamadas meias esportivas e ele as usava sempre, ninguém nunca lhe viu uma nesga de carne com as pernas cruzadas em público. O sangue havia jorrado o suficiente durante horas — com as luzes acesas e atarefadas testemunhas na tela — para ensopar o roupão e os lençóis e arruinar o piso de madeira. A cama, sem colcha por causa do calor, não havia sido desfeita, as dobras dos lençóis estavam intactas. Estava pálido nas fotos, como todos os cadáveres, com uma expressão incomum nele, pois era homem festivo, risonho e brincalhão, e a cara parecia séria, mais que aterrorizada ou estupefata com um esgar de amargura ou, talvez — mais surpreendente —, de mero desagrado ou aborrecimento, como se tivesse sido obrigado a algo não muito grave mas contrário às suas inclinações. Como morrer parece grave para quem morre se sabe que morre, não se podia descartar que lhe houvessem cravado a lança estando ele tão aturdido pelo golpe prévio que não deve ter tido muita consciência do que acontecia, e isso poderia explicar por que tampouco reagira enquanto enfiavam e tiravam antes a arma do peito da desconhecida. A lança era dele, trazida anos antes como recordação de uma viagem ao Quênia que lhe pareceu detestável e da qual voltou se queixando, como de costume quando se ausentava. Eu a vi mais de uma vez, metida descuidadamente no porta-guarda-chuvas, Dorta sempre achava que um dia ia pendurá-la, um desses adornos que cobiçamos ao vê-los em mãos alheias e que já não nos agradam tanto quando por fim chegam em casa. Dorta não os colecionava mas de vez em quando cedia ao impulso de um capricho, sobretudo em países aos quais sabia que não voltaria. Os que não gostavam dele viram certo sarcasmo na forma da sua morte, ele gostava muito de bengalas de metal e pontiagudas, tinha umas tantas delas. Pouca originalidade, um pedantismo.

A mulher estava quase nua, só de calcinha, na casa não havia vestígio das outras roupas com que devia ter chegado, como se o lanceiro as houvesse recolhido escrupulosamente depois dos seus assassinatos e as houvesse levado, ninguém anda assim pela rua ou de táxi por mais calor que faça, quero dizer nua a tal extremo. Talvez também fosse uma zombaria: vou te deixar pelada, sua puta, assim vão te fodendo no caminho para o inferno. Um estorvo desnecessário para um assassino em todo caso, tudo o que fica acusa, o que fica em nossas mãos. A mulher devia ter uns trinta anos, tanto pelo aspecto como pelo relatório do legista, conforme disseram, e à primeira vista podia ser uma imigrante, cubana ou dominicana ou guatemalteca, por exemplo, a pele bronzeada e os lábios rachados e grossos, as maçãs do rosto salientes, mas também há muitas espanholas que são assim, no sul e no centro e até no norte, para não falar das ilhas, as pessoas se distinguem menos do que gostariam. Ela sim estava de olhos fechados e com uma expressão de dor no rosto, como se não houvesse morrido no ato e lhe houvesse dado tempo para fazer a expressão involuntária, a dor espantosa do ferro na carne entrando e já entrado, os dentes cerrados instintivamente e a visão cegada, sua nudez sentida de repente como uma indefensibilidade suplementar, não é a mesma coisa uma arma branca trespassar primeiro um pano por fino que seja e alcançar diretamente a pele, embora o resultado não se diferencie nem um pouco. Ou assim creio, nunca fui ferido desse modo, bato na madeira, cruzo os dedos. Na mulher dava para ver o furo na altura do nascimento do peito esquerdo, um e outro me pareceram moles na medida em que se discerniam e em que os vi pela primeira vez nas fotos, e foram escassas ambas as medidas. Mas a gente se acostuma a imaginar ao primeiro olhar a textura, o volume, a consistência das mulheres, ainda mais nestes enganosos tempos, se tivesse sido rica teria posto silicone, na sua idade principalmente, um tipo de moleza consubstancial, que não depende dos anos. Estavam manchados, o sangue seco. Tinha cabelos compridos, desgrenhados e crespos, parte da madeixa lhe tapava a face direita de forma pouco natural, como se lhe houvesse dado tempo de tentar cobrir a cara com o cabelo empurrando-o com a mão, um derradeiro gesto de pudor ou vergonha para a sua posteridade anônima. Em certo sentido tive mais pena por ela, tive a sensação de que a sua morte era secundária, que a coisa na realidade não tinha a ver com ela ou que ela era somente parte de um cenário. Na boca tinha restos de sêmen e o sêmen era de Dorta, conforme disseram. Também disseram que ela tinha algumas cáries, uma dentadura de pobre, ou vítima dos doces. E que em ambos os organismos havia substâncias, foi essa a palavra, mas não mencionaram quais. Não tenho muita dificuldade de imaginá-las.

Os dois estavam sentados, melhor dizendo, não estavam totalmente caídos, mas antes recostados, se bem que no caso do meu amigo não me pouparam um detalhe desagradável: a lança

99

ferruginosa havia penetrado com tanta força que a ponta nunca afiada nem polida nem ao menos limpa desde que chegou do Quênia — mas tão aguda — havia atingido a parede depois de atravessar seu tórax, deixando-o preso à cal como um inseto. Se eu houvesse contado isso de outra pessoa a Dorta, ele teria estremecido pensando no gesso deixado no interior do corpo pela retirada da lança, alguém deve tê-la tirado, certamente com maior esforço do que quem a cravou nos dois peitos, o feminino e o masculino. A arma não havia sido arremessada de nenhuma distância, mas haviam ao contrário investido com ela de baixo para cima, talvez correndo, talvez não, mas no segundo caso a pessoa que a empunhara tinha de ser muito forte ou alguém acostumado a cravar baionetas. O quarto era amplo, possibilitava tomar impulso, toda a casa de Dorta era ampla, apartamento antigo reformado, herdado dos pais, ele não cuidava de nada fora aqueles dois espaços, a sala e o quarto, era grande para ele. Acabava de fazer trinta e nove anos, queixava-se dos quarenta que vinham ali na virada da esquina, vivia sozinho mas convidava gente com freqüência, um por vez.

— O pior nessa idade é que ela lhe parece alheia — tinha me dito na noite da sua morte, durante o jantar. Seu aniversário havia sido uma semana antes, mas eu não pudera cumprimentá-lo porque ele estava ausente, em Londres, naquele dia. Não pudera portanto fazer as tradicionais piadinhas, eu era três meses mais moço e me permitia chamá-lo de "velho" durante esse período. Agora tenho dois anos mais do que ele nunca teve, já virei a esquina. — Faz uns dias li no jornal uma notícia que falava de um homem de trinta e sete anos, e de fato a associação dessa idade e da palavra "homem" me pareceu adequada, pelo menos para esse sujeito. Para mim, no entanto, não seria. Eu ainda espero inconscientemente que se refiram a mim como "um jovem" e, claro, conto com que não me chamem de "senhor", e olhe que já sou dois anos mais velho que esse homem da notícia. Sempre os outros é que deveriam fazer anos, prestar-nos esse favor. Mais ainda: assim como antigamente os ricos pagavam um sujeito pobre para que fizesse o serviço militar ou fosse à guerra por eles, deveria ser possível comprar alguém para fazer anos por nós. De vez em quando ficaríamos com um, este ano é meu, já estou farto de ter trinta e nove. Não acha uma excelente idéia?

Não passou pela cabeça de ninguém que trinta e nove seria em seu caso o número fixo, do qual poderia fartar-se até o fim dos tempos sem possibilidade de mudá-lo e sem remédio. Eram assim as idéias de Dorta quando estava animado e de bom humor, idéias pouco excelentes e disparatadas, às vezes bobas e invariavelmente pueris, e este último aspecto era justificável pelo menos comigo, porque nos conhecíamos desde criança e é difícil a gente não continuar se mostrando um pouco como foi no início com cada pessoa que conhece: se você foi teimoso, terá de sê-lo indefinidamente de vez em quando; se foi cruel, se foi frívolo, se foi enigmático, arisco, fraco ou amado, ante cada um temos o nosso repertório, no qual se admitem variações mas não renúncias, se alguém riu uma vez vai ter de rir sempre ou será repelido. E por isso sempre chamei Dorta de Dorta e assim me lembro dele, no colégio a gente se trata pelo sobrenome até a adolescência. E do mesmo modo que continuamos a falar com essa pessoa, vemos no adulto o rosto do menino que sentou ao nosso lado na escola, sempre superposto, como se as mudanças posteriores ou a acentuação de certos traços fossem máscara e jogo para dissimular a essência, assim os êxitos ou reveses das idades do outro aparecem como irreais, ou antes, fictícios, como os projetos ou fantasias ou representações ou medos de que a meninice está povoada, como se entre esses amigos tudo o que acontece continuasse parecendo e seguisse vivendo como uma espera — o estado principal da infância, não é nem mesmo o desejo —, o presente e também o passado e inclusive o passado remoto. Pouco ou nada entre essa classe de amigos pode se tornar sério demais porque estão acostumados a que tudo seja fingimento, introduzido explicitamente por aquelas fórmulas que depois são abandonadas para que ganhem o mundo, "Vamos brincar disto", "Faz de conta que", "Agora eu é que mando" (só são abandonadas verbalmente, na verdade tudo continua). Por isso posso falar da morte dele de forma desapaixonada, como se fosse algo que ainda não aconteceu mas que está instalado na espera eterna do que não é verossímil e não é possível. "Imagina que me mataram com uma lança." Em Madri, uma lança. Mas às vezes a paixão surge, sim — ou é raiva — justamente pelo mesmo motivo, porque posso imaginar a angústia e o pânico naquela noite de alguém que continuo vendo como um menino assustadiço e resignado, que eu tive de defender muitas vezes no recreio e que depois pedia desculpas e me dava de presente um livro ou um gibi por me haver forçado a entrar numa briga com os valentões quando eu não tinha nada a ver com aquilo — se bem que ele nunca tenha pedido a minha ajuda, deixava que batessem nele ou o empurrassem, só isso; mas eu via —, a gastar minhas energias protegendo alguém que nunca venceria uma briga e cujos óculos rolavam no chão quase todos os dias na escola. Não é perdoável que tivesse de morrer com violência, embora não tenha tomado conhecimento da sua própria morte. Mas isso é retórico, quem não toma. Eu não estava lá para ver e entrar na briga, mas por pouco.

Sua estada em Londres havia coincidido com um leilão histórico e literário da casa Sotheby's a que uns amigos diplomatas o animaram a assistir. Vendiam-se nele toda sorte de documentos e também objetos que haviam pertencido a escritores e políticos. Cartas, postais, cartas de amor, telegramas, manuscritos completos, rascunhos, arquivos, fotos, uma mecha de Byron, o comprido cachimbo que Peter Cushing fumou em *O cão dos Baskerville*, guimbas de Churchill não muito fumadas, cigarreiras gravadas, bengalas históricas, amuletos usados. Não foi uma bengala atraente que fez aflorar seu impulso de comprador inconstante durante os lances, mas um anel que havia pertencido a Crowley, Aleister Crowley, explicou-me benevolente, escritor medíocre e deliberadamente demente que se fazia chamar de "A Grande Besta" e "O homem mais perverso do seu tempo", todos os seus objetos particulares com o 666 gravado, o número da Besta segundo o Apocalipse, hoje brincam com esse número os grupos de rock com pretensões demoníacas, também parece que está oculto em muitos computadores, sempre o número dos piadistas, os vivos não sabem como tudo é antigo, comentou Dorta, como é difícil ser novo, o que sabem os jovens de Crowley, o orgiástico e satanista, seguramente um bendito conservador ingênuo para os nossos tempos, um homem no fundo piedoso que transformou seu discípulo Victor Neuburg em zebra por falhar repetidamente numa invocação ao diabo no Saara, contou-me Dorta, e cavalgou-o até Alexandria, onde o vendeu a um zoológico que cuidou do discípulo desastrado ou zebra durante dois anos, até que Crowley permitiu que ele finalmente recobrasse a figura humana, no fundo um homem piedoso. Neuburg foi editor mais tarde.

— Um anel mágico, assim o catálogo o apresentava, com uma bela esmeralda oval engastada no aro de platina com a inscrição "Iaspar Balthazar Melcior", não sabia se iria servir no meu dedo mas mesmo assim disputei-o como um louco, acima das minhas possibilidades. — Tudo isso Dorta havia contado enquanto durou o ânimo, quando estava contente perorava incansavelmente, depois costumava apagar-se e então perguntava por mim e pela minha vida, deixava que eu é que falasse, mais dois monólogos seguidos do que um verdadeiro diálogo. — Os compradores foram caindo menos um sujeito com cara germânica, um desses narizes de cuja ponta parece estar sempre a ponto de cair uma gota, dava vontade de lhe estender um lenço e mandá-lo a um canto, um nariz de anta, um sujeito de feições irritantes, estava bem trajado mas com botas de caubói de couro de crocodilo, imagine o efeito, era impossível não olhar para elas e não se enfurecer. Eu subia e ele subia o preço, invariavelmente e sem mexer um músculo, limitava-se a levantar o nariz como se fosse um brinquedo mecânico, eu olhava para ele de esguelha cada vez que ele cobria meu lance e via o nariz falsamente úmido levantando-se como a bandeirinha dos semáforos pré-históricos, ou eram os táxis que tinham?, enfim, atrapalhando a minha vida e me obrigando a fazer rápidas conversões mentais de esterlinas em pesetas para me dar conta de que já estava oferecendo um dinheiro de que não dispunha.

— Não? Esse anel mágico não pode ter ficado tão caro assim, Dorta — comentei gozando-o. Ele não tinha muito dinheiro, mas aparentava ter, seus gestos eram de esbanjador e não costumava privar-se dos seus caprichos, pelo menos na frente de testemunhas, a mesquinhez uma chaga. Claro que seus caprichos não eram excessivos, ou não exigiam fortes desembolsos, como se dizia antigamente, ou assim eu imaginava, não sei o preço de tudo. Em todo caso não lhe faltava para pagar seus prazeres vitais.

— Pois ficou, eu podia ter continuado mais um pouco, mas isso acarretaria pequenos sacrifícios, que são os que mais detesto, os pequenos é que fazem a gente sentir-se miserável. E no verão é mais difícil renunciar a qualquer coisa. De maneira que aquele sujeito levantava o nariz cada vez como se fosse uma passagem de nível escangalhada, até que um dos meus amigos me agarrou pelo cotovelo e me impediu de levantar a mão. "Você não pode se dar a esse luxo, Eugenio, depois vai se arrepender", me disse em voz baixa, na verdade não sei por que me disse isso em voz baixa, ali ninguém entendia espanhol. Mas tinha razão e não me soltei da sua mão e me senti miserável, deu-me uma enorme depressão no mesmo instante, ainda dura, e ainda tive de ver como o nariz gotejante se levantava mais ainda, olhando-me desafiador, como que me dizendo: "Derrotei você, estava pensando o quê?". Foi-se imediatamente fazendo barulho com as suas botas de caubói de crocodilo, não ficou para o resto do leilão, ou talvez tenha voltado para outros lotes, não sei, porque quem foi embora fui eu ao fim de mais umas vendas. Foi uma humilhação como poucas, Víctor, e ainda por cima no estrangeiro.

Chamou-me de "Víctor" e não de "Francés", meu sobrenome, como costumava. Só me chamava de "Víctor" quando não estava bem ou se sentia desamparado. Eu nunca o chamei de "Eugenio", em momento algum. Dorta tinha não só muito de Dorta, o guri, mas também da sua mãe e das suas tias, que eu tinha visto tantas vezes na saída do colégio ou em suas casas, convidado pelo filho ou pelo sobrinho. De vez em quando saía da sua boca uma frase que sem dúvida pertencia àquelas senhoras antiquadas e cândidas que haviam dominado seu mundo em grande medida. Escapavam-lhe, ele não as evitava mas provavelmente se comprazia em perpetuá-las assim, verbalmente, com suas expressões perdidas: "E ainda por cima no estrangeiro".

— Para que diabo você queria o anel? — perguntei. — Espero que não tenha começado a acreditar em magia. Ou quer transformar alguém em girafa?

— Não, não se preocupe. Foi um capricho, gostei dele, era bonito e tinha história, exibi-lo aqui teria levado muita gente a me perguntar, qualquer coisa é útil para a paquera nos bares. Se acredito em magia é nos outros, não em mim, claro; não me vi tocado por nenhuma em toda a vida, como você sabe. — E acrescentou sorrindo: — Na verdade, ao perder o anel eu me arrependi de não ter disputado o lote anterior por você, não saiu tão caro. "O talismã mágico de Crowley para a potência sexual e o poder sobre as mulheres", assim dizia o catálogo, que tal, um bonito medalhão de prata com o 666 de sempre. Foi também o germânico ou seja lá quem fosse que o arrematou, só que não teve a minha concorrência, talvez por isso tenha saído menos caro. Resta-me o consolo de tê-lo obrigado a gastar mais com o anel. O que acha, "poder sobre as mulheres". Trazia as iniciais "AC" além do número gravado. Teria te ajudado.

Ri da sua maldade sempre simpática a mim, não necessariamente aos outros, sua língua era sua única arma.

— Daqui a uns anos sem dúvida nenhuma, prevejo. Mas ainda não tenho muitas queixas nesses dois aspectos.

— Ah, não? Me conte, me conte.

Deve ter sido então que comecei a falar nesse último jantar e ele ouviu com interesse mas também com certo abatimento; que ficasse calado por muito tempo costumava significar que estava preocupado com algum assunto ou momentaneamente descontente consigo mesmo ou com a sua vida, acontece com todos nós de vez em quando mas dura pouco se os motivos forem leves, como a inquietação com o futuro impreciso ou os arrependimentos cotidianos, para os quais não há muito tempo, o verdadeiro arrependimento necessita de perduração e tempo. Quando morre um amigo gostaríamos de recordar tudo o que aconteceu da última vez que o vimos, o jantar vivido como mais um que de repente adquire um imerecido relevo e se empenha em brilhar com um fulgor que não foi seu; tentamos ver um significado no que não teve, tentamos ver sinais e indícios e quem sabe magias. Se o amigo morreu de morte violenta o que tentamos ver são talvez pistas, sem nos darmos conta de que também podia não ter acontecido nada naquela noite, e então todas elas seriam falsas. Lembro-me que depois do jantar fumou com gosto uns cigarros indonésios que tinha trazido de Londres com aroma e sabor de cravo. Deu-me um maço que ainda tenho, Gudang Garam a marca, um maço vermelho e estreito, "12 kretek cigarettes", não sei o que significa "kretek", deve ser uma palavra indonésia. A advertência não vinha com rodeios; "Smoking kills", diz sem mais delongas, "Fumar mata". Não a Dorta, claro, o que o matou foi uma lança africana. Quando parei de contar minhas anódinas histórias ele tornou a se assenhorear da conversa com novo vigor depois de voltar do banheiro, mas já sem jovialidade alguma. Acariciou com o indicador o desenho em relevo que havia no maço, pareciam trilhos fazendo uma curva, uma paisagem ferroviária, à esquerda uma casa com telhados triangulares, infantis, talvez uma estação, todo em preto, dourado e vermelho. — Este verão não vai ser bom para mim, eu acho — falou. Estávamos em fins de julho, mais tarde pensei que era estranho o verão inteiro lhe parecer ainda futuro naquela noite. — Vai ser difícil para mim, ando meio perturbado, e o pior é que o que sempre me divertiu me chateia. Até escrever me chateia. — Fez uma pausa e acrescentou sorrindo ligeiramente, como se houvesse cometido uma gafe: — O último livro foi um fracasso, mais do que você imagina. Estou acabando a toda pressa uma coisa nova, não se deve dar tempo aos fracassos, é a pior coisa que se pode fazer porque logo tudo os impregna e contamina, qualquer aspecto da existência, até o mais remoto, o mais distante da esfera em que se produziu o desastre, como uma mancha de sangue. Embora você se arrisque a sofrer dois seguidos e acabe mais manchado ainda. Há gente que vem abaixo assim. Esta noite vou ver um editor com o qual já fechei contrato para este por terminar, fiquei de tomar um drinque com ele, está de passagem por Madri e agora exige que o distraia. Um cara sem escrúpulos e meio lerdo de palavra, um traste. Mas ele não está escaldado comigo e gostou de me roubar dos outros. É assim que se diz, roubar, nesse pé andam as coisas. Logo, logo não vai me sobrar nem o nome com que assino. É assim que se diz, "o nome com que assino", uma assinatura.

Suas noites começavam de fato depois do jantar. Depois do

editor viria o mais festivo, cafés, discotecas, reuniões noctívagas até o raiar do dia ou quase, não me surpreendia que ele ainda esperasse ser visto como um jovem. O caso é que parecia mais velho, imagino, para mim era difícil perceber isso, mas as pessoas que nos conheciam se surpreendiam ao saber que tínhamos sido colegas de turma, e não é que não dê para perceber meus anos. Vi-o preocupado, pessimista, inseguro, dominado talvez pela descoberta recente de que o que demora a chegar além do mais não dura, um sucesso relativo no seu caso, que deveria ter sido duradouro e acabou muito cedo, acostumando-o ao bom só um pouco. Prefiro não falar nada dos seus romances, passados estes dois anos ninguém mais os lê, ele já não está no mundo para defendê-los e continuar publicando, se bem que sua morte violenta tenha feito que essa sua obra póstuma e inconclusa vendesse estupendamente no início, teve suas manchetes extraliterárias por algumas semanas, o editor sem escrúpulos apressou-se a lançá-la. Eu nem quis lê-la.

Em pouco tempo não houve mais manchetes nem nota de rodapé nem nada, Dorta foi esquecido imediatamente, seus livros curiosos sem verdadeiro valor e seu assassinato sem solução e portanto abandonado, o que não avança nem continua no ar está condenado a uma dissolução muito rápida. A polícia arquivou ou não o caso, não sei como funciona sua burocracia, desde o primeiro momento não me pareceu que tivessem muito interesse em investigar nada — gente preguiçosa, não estão nem aí para o castigo final —, depois que souberam que o mais misterioso e estranho tinha uma explicação simples, aquela lança turística. Mas isso não era o mais misterioso nem o mais estranho, e sim a mulher desconhecida a seu lado contendo seu sêmen nas gengivas, porque Dorta era homossexual — como dizer —, um homossexual sem fissuras, e suponho que retrospectivamente o foi desde o primeiro dia no recreio e na sala de aula, embora nem ele nem eu soubéssemos na época nem durante os anos seguintes da existência dessa palavra nem do que significava. Talvez os valentões do colégio soubessem ou intuíssem melhor, por isso o maltratavam. Eu me atreveria a dizer que ele não havia conhecido nenhuma mulher na sua vida, fora alguma beijoca roubada na adolescência, quando sair do padrão é muito grave se não se quer permanecer isolado e todos fazem esforços para chamar a atenção e ao mesmo tempo ser assimilados. Em geral suas noites eram de busca, mas a paquera nos bares para a qual tudo era útil não tinha como destino mulheres, precisamente. Também não era libidinoso o bastante para abrir exceções ou contentar-se quando havia alguma disponível ou que se oferecia a ele, e era improvável que isso acontecesse, elas notam o desejo do outro mesmo que seja moroso e morno, e nenhuma nunca pôde sentir o dele. O mais esquisito na sua morte era isso, mais até que a violência, de que havia sido vítima leve em duas ou três ocasiões, ir para a cama com desconhecidos sempre mais fortes, mais moços e mais pobres suponho que traga seus riscos. Nunca me disse se pagava ou não, e eu não lhe perguntava, talvez tenha tido de fazê-lo ao se tornar "um homem", para sua estranheza; sei que dava presentes e satisfazia caprichos de acordo com as suas possibilidades e o seu entusiasmo, uma forma de compra menos crua que a do dinheiro vivo, no fundo antiquada, respeitável, atenta e que lhe permitia enganar-se de quando em quando. Se o tivessem encontrado junto de um rapaz qualquer a coisa não teria me parecido estranha, na medida em que não será estranha a morte de alguém que sempre assistiu à nossa vida, muito escassa essa medida. Nem sequer a idade da dominicana ou cubana se ajustava às preferências, até um homem daquela idade teria tido pouco interesse para Dorta, velho demais. Hesitei por um instante em dizer isso ao inspetor que me interrogou e me mostrou aquelas fotos póstumas. Dorta havia sido prudente enquanto sua mãe estava viva, ainda o era um pouco porque as tias estavam vivas, embora não soubessem de nada; em seus livros não havia nada muito confesso, só insinuações. Hesitei em dizer isso àquele inspetor, creio eu, por um absurdo orgulho masculino: talvez não fosse ruim que ele acreditasse que meu melhor amigo tinha passado sua última noite com uma mulher por seu gosto e costume, como se isso fosse mais digno e mais meritório. Envergonhei-me da tentação na mesma hora e, mais ainda, pensei que a mulher podia ser outro elemento de zombaria, como os óculos postos: na boca de uma mina até o fim dos tempos, seu veado de merda. Comuniquei ao inspetor o inacreditável da circunstância, aquela encenação tão inexplicável, Dorta junto de uma mulher na cama, restos do seu sêmen nos interstícios da dentadura esburacada ou nas estrias e rugas dos grandes lábios. Mas o inspetor olhou para mim com reprovação e ironia, como se de repente me julgasse mau amigo ou meio tantã por querer sujar a memória de Dorta com mentiras evidentes quando ele já não estava presente para se defender nem me desmentir, aquele inspetor Gómez Alday compartilhava o mesmo orgulho masculino meu, só que nele não estava oculto.

— Eu garanto — insisti ao ver seu olhar —, meu amigo nunca esteve com uma mulher em toda a sua vida.

— Pois então resolveu estar com uma em sua morte, por pouco não foi tarde demais para experimentar — respondeu mal-humorado e cheio de desprezo. Acendia cada cigarro com a guimba do anterior, baixo teor de alcatrão e nicotina. — O que o senhor está dizendo? Eu encontro um cara que um marido ou um cafetão espetou porque levou a mulher ou a puta para lhe chupar o pau a domicílio. E o senhor me vem com essa conversa de que ele era veado. Faça-me o favor — ele disse.

— É assim que o senhor explica? Um marido ou um cafetão? E a troco de quê, um cafetão?

— Você não sabe nada, é, sabe pouco. Às vezes eles têm um

curto-circuito na cabeça, como qualquer um. Mandam a mina rodar bolsinha e depois ficam malucos pensando no que ela estará fazendo com o cliente. Matam então brutalmente, tem cafetões muito sentimentais, eu é que sei. O caso parece claro, não me venha com histórias, nem sequer houve roubo, só a roupa dela, vai ver que é um cafetão fetichista. A única coisa é que não sabemos quem era a piranhuda chupadora, nem vamos saber com certeza. Sem documentos, sem roupa, com pinta de cucaracha, não deve haver registro dela em lugar nenhum, só quem deve ter é o cara que lhe espetou a lança.

— Estou dizendo, é impossível que meu amigo tenha pegado uma piranhuda. — Os policiais sempre nos intimidam, acabamos falando do jeito que eles falam para cair nas boas graças deles, e eles falam como bandidos.

— O que mais o senhor quer, me dar trabalho? Que eu me meta em boates de veado para dançar agarradinho e para que me passem a mão na bunda quando se trata de uma puta? Tenha dó, não vou perder meu tempo e meu humor com isso. Se o seu amigo gostava de homem, explique-me então o que aconteceu. E mesmo que gostasse: na noite que me interessa deu-lhe na telha pegar uma puta, está entendendo, disso há pouca dúvida, e também é um acaso, que inoportuno. O que ele fazia em todas as outras noites da vida estou pouco me lixando, podia até enrabar o avô. — Desta vez fui eu que olhei para ele com reprovação e sem nenhuma ironia. Ele devia lidar com coisas assim diariamente, mas eu não, e estava falando do meu melhor amigo. Era um homem meio gordo, alto, com uma careca romana e olhos sonolentos que de vez em quando acordavam como que no meio de um pesadelo, repentinos lampejos antes de voltar à sua sesta aparente. Ele percebeu e acrescentou num tom mais conciliador e paciente: — Bom, explique-me o que aconteceu na sua opinião, conte o seu conto, faça-me essa gentileza.

— Não sei — disse eu, vencido. — Mas parece uma armação, isso sim. O senhor deveria investigar, é seu trabalho.

O inspetor Gómez Alday interrogou da mesma forma o editor sem escrúpulos com quem Dorta havia tomado um drinque no Chicote, tinha ido com a mulher, os três saíram de lá por volta das duas e se despediram. Os garçons, que conheciam Dorta de vista e de nome, confirmaram a hora. Tinham se encontrado ali com outro amigo meu e somente conhecido de Dorta, chamado Ruibérriz de Torres, mas ele tinha parado para falar com eles não mais de cinco minutos, até que chegaram duas mulheres com as quais tinha marcado encontro. Também Ruibérriz os viu sair por volta das duas pela porta giratória, despediu-se deles com um aceno, contou-me que o editor era um palerma e sua mulher muito simpática, Dorta mal tinha pronunciado uma palavra, coisa rara. O casal pegou um táxi na Gran Vía e foi para o hotel, não sem antes se espantar com que Dorta, segundo este lhes anunciou, voltasse a pé, disse a eles que ia a um lugar ali perto e viram-no dirigir-se para cima, para a Telefónica ou Callao, por lugares com uma fauna que a eles, barcelonenses, pareceu assustadora e de passar ao largo. Não havia sequer uma gota de ar.

No hotel, pura rotina, confirmaram a hora de chegada do editor e sua senhora, em torno das duas e quinze: coisa ridícula, a sua falta de escrúpulos não chegaria a tanto. Mataram Dorta entre as cinco e as seis, assim como a sua inverossímil e derradeira parceira. Interroguei por conta própria os amigos de Dorta que eu conhecia um pouco, amigos de farras e bares gays, nenhum tinha topado com ele nos lugares habituais, "le tour en rose", como ele os chamava. Eles perguntaram por sua vez aos garçons desses lugares, ninguém o tinha visto, e era estranho que não houvesse passado por um ou outro ao longo da noite. Vai ver que foi mesmo uma noite especial em tudo. Vai ver que tinha se envolvido na rua impensadamente com gente insólita de outras tribos. Vai ver que o seqüestraram e o obrigaram a ir com os seqüestradores para casa. Mas não tinham levado nada, só a roupa da mulher, que talvez fosse do bando. O lanceiro. Eu não sabia o que pensar e portanto pensava absurdos. Vai ver que Gómez Alday tinha razão, vai ver que ele cismou de trepar com uma puta novata e desesperada, uma imigrante em busca de qualquer dinheiro, com um marido que não admitia isso e que desconfiou. Questão de azar, em excesso.

O inspetor me mostrou as fotos e dei uma olhada por cima. Além das que reproduziam a cena inteira, havia um par de fotos de cada cadáver tiradas mais de perto, o que se chama no cinema de plano americano. Os peitos da mulher eram definitivamente moles, bem formados e sugestivos, mas moles, a vista e o tato acabam se confundindo, nós homens às vezes vemos como tocamos, às vezes ofendemos por isso. Apesar dos olhos apertados e da expressão de dor, parecia bonita, embora isso nunca dê para saber direito no caso de uma mulher nua, é preciso vê-la vestida também, de pouco servem as praias para sabê-lo. Tinha as narinas dilatadas, o queixo curto e arredondado, o pescoço comprido. Foram rápidas minhas olhadas nas seis ou sete fotos, no entanto atrevi-me a pedir uma cópia da foto da mulher de perto a Gómez Alday, que olhou para mim agora com desconfiança e surpresa, como se houvesse descoberto uma anomalia em mim.

— Pra quê?

— Não sei — respondi perdido. Realmente não sabia, também não era que quisesse vê-la mais naqueles momentos, um corpo ensangüentado, um furo, as pestanas densas, a expressão dolorida, os peitos moles e mortos, não era agradável. Mas pensei que gostaria de tê-la para quem sabe examiná-la mais tarde, talvez anos depois, afinal de contas fora a última pessoa a ver Dorta vivo, excetuando o assassino. E o tinha visto bem de perto. — Me interessa. — Era pobre como argumento, grotesco até.

Gómez Alday fitou-me com um dos seus lampejos, não durou nada, seus olhos logo voltaram a seu aspecto dormitante. Pensei que devia estar pensando que eu era um mórbido, um doente, mas talvez entendesse meu pedido e o desejo, afinal de contas tínhamos o mesmo tipo de orgulho. Levantou-se e me disse:

— Isto é material reservado, seria completamente ilegal se lhe desse uma cópia. — E ao mesmo tempo em que dizia isso enfiou a foto na máquina de xerox que tinha no escritório. — Mas o senhor pode ter feito uma xerox aqui na minha ausência, quando saí um instante, sem que eu soubesse. — E estendeu-me a folha com a reprodução imperfeita e brumosa, mas reprodução afinal de contas. Duraria somente alguns anos, as fotocópias acabam se apagando, a gente percebe que empalidecem.

Agora se passaram dois desses anos, e só nos primeiros meses depois da morte de Dorta continuei remoendo na cabeça aquela noite, meu horror durou algo mais que o regozijo e a sanha dos jornais impacientes e das televisões desmemoriadas, não há muito o que fazer quando não há ajuda nem avanço, e os meios de comunicação nem sequer servem de lembrete. Não é que eu necessitasse disso pessoalmente, poucas coisas empalidecem em mim: não há dia em que não me lembre do meu amigo de infância, não há dia em que não pare para pensar nele em algum instante, por um ou outro motivo, na realidade não se pode deixar de contar com as pessoas pelo fato acidental de que já não podemos vê-las. Às vezes creio que esse fato é não só acidental mas também desimportante, o hábito e o acumulado bastam para que a sensação de presença seja sempre mais forte e não desvaneça, senão como se poderia sentir falta. Mas, isso sim, o final se esfuma se você não o tira a limpo e, além disso, pode até borrar o que aconteceu antes. Esse final a gente sabe, mas não aparece em primeiro plano. Não foi assim nos primeiros meses, quando os pesadelos se apoderam do sono e os dias começam todos com a mesma imagem insistente, que parece uma representação e no entanto pertence ao acontecido, a gente se dá conta quando escova os dentes ou quando faz a barba: "Que bobo sou, é a verdade". Repassei muitas vezes a conversa do último jantar, e o fio das repetições me fez ver que nada era significativo depois de ter outorgado significação a tudo durante um período. Dorta se divertia fingindo excentricidades, mas não acreditava em magias de nenhum tipo nem tampouco em além-mundo, nem sequer em acasos, não em maior grau que eu, e eu não acredito em quase nada. A história do leilão de Londres era puramente anedótica, logo vi claramente se é que alguma vez tive dúvida, o tipo de coisa que ele gostava de inventar ou fazer só para contá-la depois, a mim ou a outros, a seus ignorantes idolatrados ou às suas senhoras sociais, sabendo que distraíam. Que houvesse disputado um anel mágico daquele demonólogo maluco do Crowley era prova disso: era mais original relatar a disputa por esse objeto do que por uma carta autógrafa de Wilde, Dickens ou Conan Doyle. Uma zebra. E além do mais não o levou, o mais disparatado teria sido que a brincadeira lhe houvesse custado uma boa e imprevista soma. Vai ver que nem mesmo havia o indivíduo germânico de botas de caubói, que fantasia. E mesmo que tivesse arrematado a esmeralda: não cabia pensar em perseguições nem em seitas, em vinganças a Tutancâmon nem em conjuras a Fu Manchu, tudo tem seu limite, até o inexplicável.

Foi ao fim de uns poucos meses — a imprensa não se interessava mais e era improvável que a polícia se interessasse — que me ocorreu uma possibilidade tão aceitável que não entendi como não havia pensado nela antes. Liguei para Gómez Alday e disse-lhe que queria vê-lo. Percebi que ficou contrariado e tentou me fazer contar por telefone o achado, andava com pouco tempo. Insisti e ele marcou no seu escritório na manhã seguinte, dez minutos, avisou, não dispunha de mais que isso para ouvir hipóteses que lhe complicassem a vida. Fosse o que fosse receberia com ceticismo, avisou-me também, para ele a coisa estava clara, só que não era fácil encontrar aquele lanceiro: na lança havia muitas impressões, entre elas sem dúvida as minhas, quase todos os visitantes da casa tocávamos nela, ou a sopesávamos, ou a brandíamos um instante ao vê-la sobressaindo no porta-guarda-chuvas da entrada. Encontrei o inspetor com uma cor saudável e mais cabelo, eu não saberia dizer se se tratava de um implante aproveitando as férias de agosto ou de uma distribuição mais volumosa e artística do seu penteado romano. Enquanto eu falava manteve os olhos opacos, como um animal adormecido cujas pupilas transparecessem sob as pálpebras:

— Olhe, não sei muito das andanças do meu amigo, às vezes ele me contava alguma coisa sem entrar em detalhes. Mas não descarto que pagasse alguns dos rapazes com que fazia seus programas. Ao que parece não era incomum que alguns se fizessem passar por heterossexuais, aceitavam o programa como exceção ou assim diziam, empenhavam-se em deixar bem claro que o caso deles era mesmo mulher. Naquela noite meu amigo pode ter se interessado por um, e o garotão dito que ou lhe arranjava uma mulher também, ou nada feito. Sou capaz de ver meu amigo enfiando o rapaz num táxi e percorrendo pacientemente a Castellana. Vejo-o até se divertindo, perguntando a ele que tal lhe parecia esta ou aquela, opinando ele próprio como se fossem dois companheiros de aventuras, dois caras pegando puta numa noite de sábado. Por fim pegam a cubana e vão os três para casa. O rapazinho insiste em que Dorta dê uma trepada para ele ver, alguma coisa assim. O apetite do meu amigo não é ilimitado, dadas as suas inclinações, mas se deixa ir com a mulher, uma coisa passiva, tudo para agradar o outro e conseguir o que queria mais tarde. O garotão fica histérico quando chega a vez dele, fica violento, vai pegar a lança que achou divertida ao entrar no apartamento, ou vai ver que já estava no quarto por indicação do próprio Dorta, para que o rapaz fizesse poses com ela como uma estátua, ele gostava de brincadeiras assim. E ataca os dois, por causa da armadilha, embora ela fosse consentida. Já aconteceu muitas vezes, arrependidos, não? Dão para trás quando não há mais retorno. O senhor deve conhecer casos assim. Pensei nisso e parece-me possível, e explicaria umas tantas coisas que não batem.

O olhar de Gómez Alday continuou neblinoso e folgazão, mas saiu-lhe uma voz de irritação e desprezo:

— Que amigo é o senhor. O que tem contra ele, quer jogar merda no cadáver dele ou o quê, chega de histórias, o senhor tem uma mente doentia — falou. Não que eu conhecesse muito, mas o inspetor não tinha a menor idéia das práticas e rolos noturnos habituais. As exigências. Seu orgulho devia ser mais puro que o meu, pensei. — Ela não me serve nem mesmo como merda rebuscada, falta ao senhor um dado que soubemos faz poucos dias. Seu amigo chegou de fato de táxi e acompanhado em casa, mas só ia com a puta, os dois já fazendo escândalo, a mulher com os peitos de fora e ele dando corda, segundo disse o taxista. Veio nos contar quando leu da matança e viu no jornal a foto de Dorta. De modo que o lanceiro deve ter chegado depois: o cafetão seguindo a puta ou o marido a mulher, ou os dois ambas as coisas, marido e cafetão, mulher e puta. Como eu já lhe disse.

— Ou podia já estar no apartamento — eu respondi, ferido pela reprimenda injusta. — Vai ver que o garotão, uma vez metido naquele nó que não dava para desatar, obrigou meu amigo a ir sozinho pegar a puta e levá-la para lá.

— Sei. E seu amigo teria saído para percorrer as ruas, deixando-o sozinho no apartamento?

Fiquei pensando. Dorta era apreensivo e cauteloso. Podia

perder a cabeça uma noite, mas não a ponto de dar a um michê a oportunidade de roubá-lo enquanto ele ia lhe arranjar uma mina.

— Suponho que não — respondi exasperado. — Sei lá, vai ver que chamou o michê, mandou vir logo, as seções de anúncio dos jornais estão cheias de ofertas para qualquer hora.

Gómez Alday teve um dos seus lampejos, mas foi mais de impaciência que de outra coisa.

— Nesse caso para que a mulher, me diga? Para que a teria pegado, hein? Que empenho o senhor tem em culpar um veado. O que tem contra eles?

— Nunca tive nada. Meu melhor amigo era o que o senhor falou, quero dizer, chamaram-no assim muitas vezes. Se não acredita em mim, pergunte por aí, pergunte entre os escritores, eles vão contar, adoram uma fofoca. Pergunte nas boates de veado, a expressão também é sua. Passei a vida defendendo Dorta.

— O que me custa acreditar é que o senhor fosse amigo dele. Além do mais eu já lhe disse que a mim só interessava sua última noite, nenhuma outra. É a única que me diz respeito. Vamos, caia fora.

Dirigi-me para a porta. Já com a mão na maçaneta, virei-me e perguntei:

— Quem descobriu os cadáveres? Foram encontrados de noite, não é?, na noite seguinte. Quem subiu ao apartamento? Por que subiram?

— Nós subimos — respondeu Gómez Alday. — Uma voz de homem nos avisou, disse que havia dois animais mortos apodrecendo lá. Foi o que disse, animais. Provavelmente o marido se angustiou ao pensar que sua puta estava ali, largada, com um furo, sem que ninguém soubesse. Voltava-lhe o sentimentalismo. Desligou depois de dar a informação, não tem maior préstimo. — O inspetor girou sua cadeira e me deu as costas, como se houvesse posto um ponto final a seu contato comigo com a sua resposta. Vi sua nuca larga enquanto repetia: — Caia fora.

Deixei de pensar no caso, imaginei que a polícia nunca averiguaria nada. Deixei de pensar durante dois anos, até agora, até uma noite em que havia ficado de jantar com outro amigo, Ruibérriz de Torres, bem diferente do Dorta e não tão velho, está sempre com mulheres que lhe dão um bom trato e não é medroso, muito menos resignado. É um sem-vergonha com o qual me dou bem, embora saiba que mais dia menos dia vai me fazer objeto da deslealdade que tem para com todo o mundo e aí nossa camaradagem vai acabar. Está a par de tudo o que acontece em Madri, movimenta-se por todas as partes, conhece ou dá um jeito de conhecer quem se proponha a conhecer, é um homem de recursos, seu único problema é que traz pintadas na testa a aptidão para a trapaça e a vontade de dolo.

Estávamos jantando no La Ancha, no terraço de verão, um em frente ao outro, sua cabeça e seu corpo me tapavam a mesa seguinte, na qual não tive por que prestar atenção até que a mulher que ocupava nela o lugar de Ruibérriz, isto é, o que estava em frente ao meu, se abaixou lateralmente para pegar o guardanapo, que voara com um vento que soprou à sobremesa. Debruçou-se de seu lado esquerdo olhando para a frente, como fazemos ao catar uma coisa que está a nosso alcance e que sabemos perfeitamente onde caiu. Mas fiou-se demais e falhou, e por isso teve de tatear com os dedos por uns segundos, sempre com a cara olhando para nós, quero dizer, para a nossa posição, porque não creio que pousasse os olhos em nada. Foram alguns segundos — um, dois, três, quatro; ou cinco —, o suficiente para que eu visse o rosto e o comprido pescoço estirado no pequeno esforço de recuperação ou busca — a língua numa comissura —, um pescoço muito comprido ou talvez mais comprido por efeito do decote de verão, um queixo curto e redondo e as narinas dilatadas, pestanas densas e sobrancelhas como que pinceladas, a boca grande e as maçãs do rosto altas, a pele morena por natureza ou piscina ou praia, isso era difícil de dizer ao primeiro golpe de vista, se bem que meu primeiro golpe de vista às vezes seja como uma carícia, outras vezes como um golpe mesmo. Os cabelos eram negros, de salão de beleza, e frisados, vi um colar ou uma corrente, entrevi o decote retangular, um vestido com alças nos ombros, brancas as alças, e também o vestido, ouvi o ruído de pulseiras. Os olhos foram o que menos vi, ou quem sabe passei-os por alto pelo costume de nunca vê-los na fotografia, apertados nela, cerrados nela com a expressão da dor de quem morreu com grande sofrimento. Oh, sim, no verão as mulheres se parecem umas com as outras mais que no inverno e na primavera, e mais ainda para nós europeus se são ou se parecem sul-americanas, podemos ver todas elas como se fossem a mesma, no verão acontece muito, algumas noites não fazemos distinção. Mas ela se parecia mesmo. Isso era dizer demais, sei bem, a semelhança entre uma mulher de carne e osso com movimento e uma mera xerox de delegacia, entre as cores brilhantes e o preto-e-branco brumoso, entre as gargalhadas e a paralisia, entre dentes luminosos e molares esburacados que jamais foram vistos mas descritos, entre uma vestida sem privações visíveis e uma nua indigente, entre uma viva e uma morta, entre um decote de verão e um furo no peito, entre a língua solta e o silêncio eterno dos lábios rachados, entre os olhos abertos e os olhos fechados, tão risonhos. E mesmo assim parecia, parecia tanto que não pude mais desgrudar a vista, empurrei imediatamente minha cadeira para um lado, para a minha direita e, como mesmo assim não conseguia vê-la senão parcial e intermitentemente — tapada por Ruibérriz e pelo acompanhante dela, os dois se mexiam —, mudei de lugar sem maiores delongas pretextando que o vento me incomodava e passei a sentar — deslocados o prato de sobremesa e meus talheres e copos — à esquerda do amigo, para enxergar sem obstáculo, e olhei sem pausa. Ruibérriz se deu conta logo, com ele não há muita dissimulação possível, de modo que eu lhe disse, sabendo-o compreensivo ante semelhantes acessos:

— Tem ali uma mulher que me tirou o fôlego. Se não for pedir demais, não se vire até eu dizer. Aliás, vou logo avisando: se ela e o homem com quem está jantando se levantarem, vou sair atrás deles disparado, se não, esperarei quanto for preciso até acabarem para depois fazer a mesma coisa. Se quiser, venha comigo, se não fique e depois acertamos as contas.

Ruibérriz de Torres alisou o cabelo com afetação. Bastava saber que havia uma mulher digna de nota nas imediações para segregar virilidade e ficar todo espevitado. Embora ele não a visse nem ela a ele; tudo um pouco animalesco, o peito se estufou.

— Ela é tudo isso? — perguntou-me inquieto, espichando o pescoço para a frente. A partir de então não ia ser possível falar de mais nada, e a culpa era minha, eu não tirava os olhos da moça.

— Pode ser que para você não — respondi. — Para mim, sim, ela é. Tudo isso e até mais.

Agora também via de meio perfil o acompanhante, um homem de uns cinqüenta anos com jeito de endinheirado e mais para bronco, se ela era uma puta o cara era inexperiente e ignorava que podia ter sido mais direto, sem a etapa do jantar no terraço. Se ela não era, a etapa estava justificada, o que não estava é que a mulher houvesse aceitado sair com um indivíduo tão pouco atraente, se bem que para mim sempre foram um mistério as decisões das mulheres no que se refere tanto aos seus devaneios como aos seus amores, às vezes uma aberração segundo os meus critérios. O que era certo é que não eram casados nem noivos nem nada, quer dizer, estava claro que ainda não haviam tido relação carnal, conforme a expressão antiquada. O homem fazia demasiados esforços para se mostrar ameno e atento: enchia pontualmente o copo dela, tagarelava histórias ou opiniões para não cair no silêncio que desencoraja qualquer contato, acendia-lhe o cigarro com um isqueiro antivento, de brasa como o dos carros, os espanhóis não fazem tudo isso se não estão querendo alguma coisa, não cuidam do seu comportamento.

À medida que a fui observando minha convicção inicial diminuiu, como acontece com tudo: à segurança segue a incerteza, e à incerteza ratificação, em geral quando é tarde demais. Suponho que conforme iam passando os minutos a imagem da mulher viva se impunha a mim sobre a da morta, deslocando-a ou apagando-a, admitindo portanto sempre menos comparação, menos semelhança. Comportava-se naturalmente como uma mulher leviana, o que não significava que tinha de sê-lo, para mim não podia sê-lo na medida em que ainda lhe superpunha a desolação das luzes e a televisão acesas por todo um dia e do sêmen imerecido na boca e do buraco no peito que ela merecia menos ainda. Olhei para ele, olhei para os seus peitos, olhei por hábito e também porque eram o que eu mais conhecia da assassinada além do rosto, tentei fazer que aí também se produzisse o reconhecimento, mas foi impossível, estavam cobertos por sutiã e vestido, embora pudesse vislumbrar seu início no decote nem sóbrio nem exagerado. Atravessou-me como um raio o pensamento indecente de que eu tinha de ver como eram aqueles peitos, tinha certeza de que os reconheceria se estivessem a nu. Não seria tarefa fácil, menos ainda naquela noite, em que seu acompanhante devia ter essas mesmas intenções e não me cederia o lugar.

De repente senti o cheiro, um cheiro adocicado e pastoso, um aroma inconfundível, não soube se me era trazido pela primeira vez devido à mudança de direção do ar — a virada do vento — ou se era o primeiro cigarro com sabor de cravo fumado na mesa contígua à nossa, um bom cigarro distinto com o café ou o conhaque, como quem se concede um charuto. Espiei rapidamente as mãos do homem, via a direita, manuseava o isqueiro com ela. A mulher, sim, tinha um cigarro na esquerda, e o homem ergueu então o braço esquerdo para pedir a conta ao garçom com um gesto, a mão vazia, portanto naquele momento de cheiro exótico só ela fumava, fumava um Gudang Garam indonésio que crepita ao se queimar com lentidão, eu tive um maço fazia dois anos, o último que ganhei de Dorta, e o havia feito durar mas não tanto, um mês depois de ele me dar já tinha acabado, fumei o último em memória dele, quer dizer, cada um e todos, guardei o maço vermelho vazio, "Smoking kills", assim diz. Como era possível que houvesse durado tanto o que meu amigo também tinha dado, na mesma noite, a ela — se é que era ela. Dois anos, os cigarros "kretek" estariam secos como serragem, um maço aberto, e no entanto aquele cheiro era penetrante.

— Está sentindo o mesmo cheiro que eu? — perguntei a Ruibérriz, que estava ficando farto daquilo.

— Já posso olhar para ela? — perguntou.

— Está sentindo? — insisti.

— Sim, não sei quem está fumando incenso ou algo assim, não é?

— É cravo — repliquei. — Fumo com cravo.

O gesto do homem ao garçom permitiu-me fazer a outro o mesmo gesto da conta e estar pronto quando o casal se levantou. Só então dei permissão para Ruibérriz se virar; virou-se, decidiu me acompanhar. Seguimos os dois a poucos passos, vi a mulher de pé pela primeira vez — a saia curta, os sapatos com os dedos de fora, as unhas pintadas — e durante esses passos também ouvi seu nome, que ela nunca tivera para mim nem para Gómez Alday nem quem sabe para Dorta. "Como você anda bonito, Estela", disse a ela o bronco, não o bastante para estar errado em seu comentário, que continha mais admiração do que galanteio. Separamo-nos um momento, Ruibérriz e eu, ele foi até o carro para poder me pegar quando eles subissem no deles, não eram gente de táxi. Quando subiram, subi eu no nosso e rodamos seguindo-os a pouca distância, não havia muito trânsito mas o suficiente para que não tivessem por que nos notar. O trajeto foi breve, chegaram a um bairro de casas, Torpedero Tucumán a rua, um nome cômico para endereçar uma carta. Estacionaram e entraram numa delas, de três andares, já havia luzes acesas em todos, como se houvesse bastante gente na casa, talvez fossem a alguma festa, depois do jantar a festa, na verdade quantas etapas as daquele sujeito.

Ruibérriz e eu estacionamos sem sair do carro por enquanto, dali víamos as luzes e nada mais, a maioria das persianas metade abaixadas e havia cortinas que o ar não movia, teríamos de nos aproximar de uma janela do térreo e espiar por uma fresta, pode ser que acabemos fazendo isso, pensei rapidamente. Logo nos pareceu, porém, que não podia se tratar de uma festa, porque não saía música daquelas janelas abertas nem barulho de conversa anárquica nem risadas. Só estavam levantadas as persianas de dois cômodos do terceiro andar e não se via ninguém lá, só um abajur de pé, paredes sem livros nem quadros.

— Que acha? — perguntei a Ruibérriz.

— Que não vão demorar muito para sair. Aí não tem muita diversão que não seja privada, e esses dois não vão passar a noite juntos, em todo caso não aí, seja a casa o que for. Viu quem abriu, se tinham chave ou tocaram a campainha?

— Não deu, mas acho que não tocaram.

— Pode ser a casa dele, e se for ela vai sair daqui a umas duas horas, no máximo. Pode ser a dela, e então ele é que vai sair, ao fim de menos tempo, digamos uma hora. Pode ser uma casa de massagem, é assim que costumam chamá-las agora, e então é também ele que vai sair, mas dê-lhe só meia hora ou três quartos de hora.

Por último poderia haver aí dentro umas tantas mesas seletas de jogo, mas não creio. Só nesse caso poderiam passar a noite ali metidos, perdendo e recuperando. Também não me parece que seja a casa dela. Não, não deve ser.

Ruibérriz conhece bem os territórios da cidade, tem costume e olho. Não faz muitas perguntas e é capaz de descobrir o que quer que seja ou encontrar alguém com dois telefonemas e talvez outros tantos feitos depois por seus interlocutores.

— Não quer descobrir para mim que casa é essa? Fico aqui esperando, caso saia um dos dois antes do previsto. Você não vai levar muito tempo para saber, tenho certeza, quem sabe basta uma olhada no guia de ruas.

Ficou olhando para mim com os braços bronzeados no volante.

— O que acontece com essa mulher? O que você pretende. Eu não a vi muito bem, mas talvez não seja tudo isso afinal.

— Para você provavelmente não, já falei. Deixe-me ver o que acontece esta noite e outro dia eu conto a história por completo. Pelo menos tenho de saber onde fica, onde mora ou onde dorme esta noite, quando resolver dormir.

— Não é a primeira vez que você me manda esperar para ouvir a história, não sei se você já percebeu.

— Mas talvez seja a última — eu respondi. Se lhe contasse logo que acreditava estar vendo uma morta, era possível que não me desse ajuda nenhuma, essas coisas o deixam nervoso, a mim também, normalmente, não acreditamos em quase nada.

Desci do carro e Ruibérriz saiu para fazer suas averiguações. Naquele lugar não havia lojas, nem cinemas, nem bares, uma rua residencial monótona e arborizada, quase sem iluminação, sem nada diante do qual se pudesse disfarçar ou com o que distrair uma espera. Se um morador me visse sem dúvida me tomaria por um ladrão, não tinha nenhum pretexto para estar ali de pé, sozinho, em silêncio, fumando. Atravessei a rua para ver se da outra calçada dava para enxergar alguma coisa no andar de cima, o único com as janelas abertas. Vi uma coisa, mas foi muito rápido, uma mulher grande que não era Estela passar, desaparecer e tornar a passar na direção oposta ao cabo de alguns segundos e desaparecer de novo piorando minha visão depois da sua passagem, já que ao sair apagou o abajur: como se houvesse entrado um instante para pegar alguma coisa. Atravessei de volta e me aproximei furtivamente do portão como um gatuno antigo; empurrei-o, ele cedeu, estava aberto, deixam assim quando há uma festa ou se o lugar é de muito entra-e-sai. Continuei avançando com tanto cuidado que, se estivesse pisando na areia, minhas pegadas não teriam ficado nela, aproximei-me lentamente de uma das janelas do térreo, a que ficava à esquerda da porta de entrada, da minha perspectiva. Como em quase todas, a persiana externa estava abaixada mas de maneira que através das frestas pudesse passar o ar quente que já havia parado, isto é, não totalmente. Detrás havia cortinas imóveis, aquele cômodo devia ter ar-condicionado ou era uma sauna. Os passos que consideramos possíveis a gente acaba dando sem querer, só porque são possíveis e nos ocorreram, e assim se cometem tantos atos e tantos assassinatos, às vezes a idéia leva ao fato como se não pudesse sustentar-se e viver enquanto idéia somente, como se houvesse uma classe de possibilidades que não se agüentam e se desvanecem caso sejam postas em execução na mesma hora, sem nos darmos conta de que também assim se desvanecem e morrem, já não serão possibilidades e sim passado. Vi-me na situação que havia previsto desde o carro, com os olhos grudados na fresta que ficava à altura do meu olhar, olhando, esquadrinhando, procurando distinguir alguma coisa através de um espaço tão exíguo e do tecido transparente e branco que dificultava ainda mais o discernimento. Ali também só havia uma luz de abajur, grande parte do cômodo estava na penumbra, era como tentar deslindar uma história de que nos escamotearam os dados principais e de que só sabemos detalhes soltos, minha visão nebulosa e o ponto de vista tão reduzido.

Mas me pareceu vê-los e os vi, os dois, eles, Estela e o homem bronco trepados um em cima do outro, fora do facho de luz, acabaram-se as etapas, numa cama ou talvez fosse colchão ou era o chão, no início não distinguia sequer quem era quem, duas massas carnais enlaçadas e escuras, ali havia nudez, disse a mim mesmo, a mulher devia ter desnudos os peitos que eu precisava ver, ou talvez não, talvez não, podia estar ainda de sutiã. Havia movimento ou seria embate, mas mal saíam ruídos, nem grunhidos nem gritos nem prazeres nem risos, como uma cena de filme mudo que nunca foi visto nos cinemas mudos decentes, um sisudo e sufocado esforço de corpos certamente entregues mais a outra nova etapa — a trepada — do que ao desejo verdadeiro, sem desejo não só dela como também dele, mas era difícil dizer onde acabava um e começava o outro ou qual era qual, uma coisa grotesca devido à escuridão e à cortina, como é possível não distinguir o corpo de uma mulher jovem do de um homem bronco. De repente ergueram-se com clareza um tórax e uma cabeça com um chapéu posto, entraram no facho de luz um instante antes de tornar a abaixar-se, o homem tinha enfiado um chapéu de caubói para dar a sua trepada, santo Deus, pensei, que figura. De modo que era ele que estava por cima ou em cima, ao erguer-se pareceu-me ver também seu torso peludo, rijo e desagradável, largo e sem curvatura, pouco ágil. Baixei os olhos até a fresta seguinte para ver se daquela altura vislumbrava a mulher e seus peitos, mas ali perdia inteiramente a perspectiva e voltei ao interstício de cima, esperando que ele talvez se cansasse e quisesse descansar debaixo, era estranho não saber se era cama, colchão ou chão, e mais estranho ainda o abafamento do som, um silêncio como que de mordaça. Depois percebi laboriosidade no animal suarento e bicéfalo em que se haviam transformado de momento, vão mudar de posição, pensei, vão trocar os postos para prolongar a duração da etapa, o que é por sua vez outra etapa, já que na realidade não variam os elementos. Ouvi a fechadura da porta e escapuli para a esquerda, consegui dobrar o canto da casa antes que uma voz de mulher se despedisse dos que estavam saindo ("Até logo, e vão com Deus", como se fosse mexicana), um crítico literário que conheço de vista, com uma cara de primata puríssimo, calça vermelha e botas como de excursionista, ele também uma figura, se aquilo era um puteiro não era de estranhar que aquele indivíduo o freqüentasse, pagando sempre, assim como o outro, um sujeito de cabelo escovinha, cabeça de ovo invertido e uma boca reptiliana, gordo, de óculos, gravata. Saíram altivos e bateram o portão satisfeitos de si, ninguém os veria, a rua vazia e escura, o segundo tipo tinha sotaque canarino e era igualmente uma figura, por sua pinta e sua conduta, um cafetão impostado. Quando não ouvi mais os passos deles voltei à minha fresta, havia transcorrido um par de minutos, ou três, ou quatro, e agora o homem e Estela não estavam mais entrelaçados, não haviam mudado de figura mas tinham parado, o fim ou uma pausa. O sujeito estava de pé, ou de joelhos sobre o colchão, o feixe de luz o iluminava, a ela menos, reclinada ou sentada, via seus cabelos de costas, o homem bronco agarrou-lhe a cabeça com as duas mãos e a fez girar um pouco, agora vi o rosto de ambos e o corpo erguido dele com seus pêlos abundantes e seu chapéu ridículo, pareceu-me que começava a apertar a cara de Estela com os dois polegares, que força podem ter dois polegares, era como se a acariciasse mas machucando-a, como se escavasse em suas maçãs do rosto ou lhe fizesse uma massagem cruel que afunda, cada vez mais intensa, empurrava suas bochechas para dentro como se fosse esmagá-las. Alarmei-me, pensei por um instante que ia matá-la e que não podia matá-la porque já estava morta e porque eu tinha de ver seus peitos e falar com ela, perguntar-lhe por aquela lança ou por aquele furo — a arma não estava nela, tinha saído — e por meu amigo Dorta que recebeu seu sangue na lança. O homem cedeu em sua pressão, soltou-a, fez estalar os nós dos dedos apertando-os, murmurou umas palavras e se afastou uns passos, talvez não fosse nada, talvez fosse só o lembrete de alguns homens a algumas mulheres de que podem machucá-las se quiserem. Tirou o chapéu, jogou-o no chão como se não servisse mais, começou a pegar a roupa numa cadeira, ele é que iria embora. Ela se deixou cair e ficou imóvel, não parecia machucada ou talvez estivesse acostumada a sofrer violências.

— Víctor — ouvi a voz de Ruibérriz que me chamava baixinho do outro lado do portão. Não o tinha ouvido chegar, nem seu carro.

Com a cabeça virada para a casa — às vezes custa desviar a vista — fui ao seu encontro tão aereamente quanto havia entrado, peguei-o pela manga e arrastei-o para a calçada em frente.

— E então? — perguntei. — O que descobriu?

— O previsível, puteiro, aberto 24 horas, anuncia nos jornais, superminas, européias, sul-americanas, asiáticas, dizem entre outras coisas. Já vou avisando que não devem ser muito mais do que quatro gatas. O telefone vem na lista em nome de Calzada Fernández, Mónica. De modo que ele é que vai sair, se não saiu.

— Deve estar a ponto de, já acabaram e está se vestindo. Saíram uns clientes que posam por aí de literatos, devem achar que são espadas e letras — falei. — Precisamos nos afastar daqui um instante, porque depois que ele sair entro eu.

— Que é isso, ficou maluco, vai entrar na fila depois desse casca-grossa? O que aconteceu entre você e essa mulher?

Peguei-o novamente pela manga e levei-o mais longe, debaixo das árvores, até um ponto em que seríamos invisíveis para quem saísse. Um cachorro preguiçoso latiu na vizinhança, calou-se logo. Só então respondi a Ruibérriz:

— Nada do que você imagina, mas tenho de ver os peitos dela hoje mesmo, é a única coisa que importa. E se for uma puta, melhor ainda: eu pago, vejo quanto quiser, pode ser que conversemos por um tempinho.

— Pode ser que conversemos por um tempinho? Nisso nem você acredita. Ela não é tudo isso, mas para mais do que olhar ela já quebra o galho. O que têm os peitos dela?

— Nada, amanhã eu conto porque pode até ser que não haja nada para contar também. Se você quiser seguir o cara de carro quando ele for embora, tudo bem, mas não creio que valha a pena. Se não, obrigado pela pesquisa e agora pode ir, eu me viro sozinho. Não existe mesmo nada que você não consiga.

Ruibérriz me encarou com impaciência apesar do elogio final. Mas costuma me agüentar, é um amigo. Até deixar de ser.

— Estou pouco me lixando para o cara, e para ela também, aliás. Se é assim que você quer, pode ficar, amanhã você me conta. Mas olho vivo, você não freqüenta esse tipo de lugar.

Ruibérriz foi embora e agora sim pude ouvir o motor do carro ao longe enquanto a porta da casa se abria ("Vá com Deus", talvez de novo, não deu para ouvir de onde estava). Vi o homem bronco já fora do recinto, ouvi, isso sim, o portão barulhento. Saiu andando cansado na direção contrária à minha — concluída a sua noite de fingimento e esforço —, eu já pude ir andando às suas costas enquanto ele se perdia no arvoredo negro em busca do seu automóvel. Eu estava muito impaciente, mas mesmo assim esperei uns minutos fumando outro cigarro antes de empurrar o portão. No cômodo das etapas continuava havendo luz, o mesmo abajur, a persiana abaixada com suas frestas, não arejavam de imediato.

Toquei a campainha, de trim antigo. Esperei. Esperei e uma mulher grande me abriu a porta, eu a tinha visto no terceiro andar, parecia uma das nossas tias quando éramos crianças, tias de Dorta e tias minhas, vinda dos anos sessenta sem alterar o penteado louro de disco voador nem a maquiagem de pincel, pó-de-arroz e até ferro de frisar.

— Sim, boa noite? — disse interrogativamente.

— Queria ver a Estela.

— Está tomando banho — ela respondeu com naturalidade, e acrescentou sem apreensão, só dando mostra de boa memória: — O senhor não esteve aqui antes.

— Não, foi um amigo que me falou dela. Estou em Madri de passagem e um amigo me falou muito bem dela.

— Bueenoo — arrastou as vogais com tolerância, tinha sotaque galego —, vamos ver o que podemos fazer. Vai ter que esperar um pouco, isso com certeza. Entre.

Uma saleta na penumbra com dois sofás face a face, passava-se direto da entrada a ela, era só continuar andando. As paredes quase vazias, nem um livro nem um quadro, só uma foto retangular de grande tamanho colada num painel grosso, como havia nos aeroportos e agências de viagem, antes. A foto era de arranha-céus brancos, a legenda não dava margem a conjecturas, "Caracas", nunca estive em Caracas. Vai ver que Estela era venezuelana, pensei na hora, mas as venezuelanas não costumam ter peitos moles, ou sua fama é o contrário. Vai ver que Estela também não, vai ver que não era a morta e tudo era uma ilusão de ótica alcoólica, estival e noturna, muita cerveja com limão e muito calor, tomara que fosse isso, pensei, as histórias assimiladas no tempo não devem mais mudar, mesmo que tenham sido aceitas sem explicação quando ocorreram: sua falta de explicação acaba passando a ser a própria história, essa é a história, se já foi assimilada no tempo. Sentei-me, tia Mónica me deixou a sós, "Vou ver se vai demorar", disse. Esperei sua volta, sabia que teria de se produzir antes do aparecimento da desejada, pau para toda obra a senhora. Mas não foi assim, a senhora demorou, não voltava, tive vontade de procurar o banheiro em que a puta estava tomando a sua chuveirada, entrar e vê-la sem mais tardar, mas isso a assustaria, e dois cigarros depois foi ela que desceu a escada com os cabelos molhados e revoltos, de roupão mas calçada com seus sapatos sociais, os dedos de fora, as unhas pintadas, as fivelas soltas como único sinal de que seus pés também estavam em casa, de descanso. O roupão não era amarelo, mas azul-celeste.

— O senhor está com muita pressa? — perguntou-me sem preâmbulos.

— Muita. — Não me importava o que pudesse entender, dentro em breve entenderia bem, e era ela que ia me dar explicações. Olhava sem curiosidade, sem olhar totalmente, não como Gómez Alday mas sim como alguém que não espera surpresas em sua posição. Era uma mulher bonita imperfeita, ou apesar das suas imperfeições era bonita, pelo menos para o verão.

— Você quer que eu me vista ou está bem assim? — Passou a me chamar de você, talvez tenha se sentido com esse direito ao saber da minha urgência. Vestir-se para despir-se, pensei, caso eu quisesse ver a segunda opção.

— Está bem assim.

Não disse mais nada, fez um gesto com a cabeça para uma das portas do térreo e pôs-se a andar para lá como uma secretária que vai buscar um impresso, abriu-a. Eu me levantei e a segui no ato, devia notar minha impaciência equívoca, não parecia assustá-la, mas antes conceder-lhe superioridade sobre mim, suas maneiras eram condescendentes, estava tão errada pois era ela que teria de responder por uma noite antiga e talvez já esquecida. Entramos, era o mesmo quarto ainda não arejado em que acabava de se debater com o cara bronco, havia ali um cheiro ácido porém mais suportável do que eu teria imaginado. Um ventilador girava no teto, da minha fresta não tinha podido vê-lo. Lá estava o chapéu de caubói, jogado no chão, para uso de clientes quem sabe se com complexos ou com cabeça de ovo invertido, para alugar também, o chapéu. Um elemento caubói na última noite de Dorta, tinha me falado de umas botas inverossímeis, de pele de crocodilo. Ela sentou-se na cama que não era colchão nem cama, um desses leitos japoneses baixos que não me lembro como se chamam, acho que estão na moda.

— Disseram o preço? — A pergunta era sem vontade, mecânica.

— Não, mas não tem importância, depois falamos. Não haverá problemas.

— Com a senhora — disse Estela. — Fale com a senhora. — E acrescentou: — Bom, como você quer? Além de rápido.

— Abra o roupão.

Obedeceu, desatou o cinto deixando ver alguma coisa, mas não me bastava. Parecia aborrecida, parecia farta, se antes não tinha havido desejo agora haveria repulsa tácita. Seu sotaque era centro-americano ou caribenho, sem dúvida já endurecido por uma estada de anos em Madri.

— Abra mais, totalmente, bem aberto, quero te ver — falei, e minha voz deve ter soado alterada, porque ela olhou para mim pela primeira vez plenamente e com uma lufada de apreensão. Mas abriu, abriu tanto que até os ombros ficaram de fora como uma estrela antiga de cinema em noite de gala, maldita a gala que havia esta noite, ali estavam, os peitos bem conhecidos em preto-e-branco, ali os reconheci em cores sem duvidar um instante apesar da penumbra, os peitos sugestivos e bem formados mas de consistência mole, cederiam nas mãos como bolsas de água quente, durante dois anos eu os havia visto ensangüentados numa xerox cada vez mais desbotada, mais vezes do que deveria, mais do que imaginei que veria quando fiz a Gómez Alday meu extravagante pedido mórbido, era um homem compreensivo. Nos peitos pouco menos morenos que o resto não havia nenhum furo, nem rasgo, nem cicatriz, nem corte, toda a pele uniforme e lisa e sem nenhuma ferida exceto os mamilos, escuros demais a meu gosto, a gente se acostuma a saber o que nos agrada e o que não nos agrada à primeira vista.

E logo vieram de cambulhada pensamentos demais, a mulher viva e sempre viva portanto, a expressão de dor na foto, os olhos apertados e também os dentes, aqueles olhos cerrados não eram olhos de morta porque os mortos não fazem força e tudo cessa quando expiram, inclusive o sofrimento, como eu não havia pensado que aquela expressão era a de alguém vivo ou a de alguém morrendo, mas nunca a de alguém já morto. E aquela calcinha, por que seu cadáver estava de calcinha, por que conservar uma roupa quando se chega tão longe, só conserva a calcinha alguém viva. E se ela estava viva também podia estar meu melhor amigo, Dorta, o piadista e o resignado, que tipo de peça me pregou fazendo-me crer no seu assassinato e na sua condenação, que tipo de peça, se estava vivo.

— Onde você arranjou o cigarro? — perguntei.

— Que cigarro? — Estela ficou alerta de repente, e repetiu para ganhar tempo: — Que cigarro?

— O que você fumou antes, no restaurante, com sabor de cravo. Mostre-me o maço.

Instintivamente fechou o roupão, sem amarrar, como para se proteger da sua nudez, estava ali com um cara que a tinha observado e seguido desde o La Ancha ou talvez antes, aquele tempo todo. Meu tom devia ser bastante nervoso e colérico, porque apontou para a bolsa deixada numa cadeira, a cadeira que havia suportado a roupa do homem bronco.

— Estão ali. Um amigo me deu.

Eu tinha lhe metido medo, notei que tinha medo de mim e

que faria o que eu mandasse por isso. Já não havia superioridade nem condescendência, só medo de mim e das minhas mãos, ou de uma arma branca que fizesse furo ou rasgasse. Peguei a bolsa, abri e tirei o maço estreito, vermelho, dourado e preto, com seus trilhos curvos em relevo e seu anúncio, "Smoking kills", fumar mata. Kretek.

— Que amigo? O que estava com você? Quem é?

— Não, aquele cara eu não sei quem é, ele queria sair para jantar esta noite, estive com ele só uma outra vez.

Ah, como detesto os homens que machucam as mulheres e como detestei a mim mesmo — ou foi depois — quando agarrei o braço de Estela e tornei a abrir seu roupão com um puxão, deixando-a desprotegida, e passei meu polegar pelo canal dos seus peitos como se dali quisesse tirar algo, passei várias vezes apertando enquanto dizia:

— Onde está o furo, hein? Onde está a lança, hein? Onde está todo o sangue, o que aconteceu com meu amigo, quem o matou, você o matou. Quem pôs os óculos nele, diga, foi você quem pôs, de quem foi a idéia, foi sua?

Eu a mantinha imobilizada com seu braço torcido e mais torcido nas costas, e com a outra mão, com meu polegar tão forte, apertava seu esterno em cima e embaixo, ou o esmagava, ou o esfregava sentindo de ambos os lados a verdadeira consistência dos peitos vistos tantas vezes com meus olhos táteis.

— Não sei nada do que aconteceu, não me disseram — disse gemendo —, ele já estava morto quando cheguei. Só me chamaram para tirar as fotos.

— Te chamaram? Quem te chamou? Quando?

Nunca se sabe o que nossos polegares podem fazer, teria se alarmado quem me houvesse visto pela fresta da persiana, os polegares que não são nossos sempre parecem indefensáveis ou incontroláveis e para eles será sempre tarde. Mas estes eram meus. Percebi que não era preciso assustá-la mais nem lhe fazer mais mal, parei de fazê-lo, soltei-a, notei meus dedos quentes pelo roçar, como se ardessem momentaneamente, esse mesmo ardor devia estar no canal dos seus peitos como um aviso e um lembrete, contaria o que soubesse. Mas antes que falasse, antes que se recobrasse e falasse, a idéia me passou pela cabeça, por que os haviam descoberto na noite seguinte, tão tarde e com atraso em demasia, os dois cadáveres que eram um só, talvez para pensar e preparar tudo e tirar as fotos, e quem tirou aquelas fotos que nunca foram publicadas, tampouco a dela, nem sequer o rosto meio tapado por sua cabeleira jogada para a frente por sua própria mão bem viva, só retratos do meu amigo Dorta em melhores tempos, uma armação essa cabeleira que encobria um pouco, o jornal contou o que a polícia falou, não houve versão de vizinhos e as fotos só eu vi, no escritório de Gómez Alday somente, no máximo as teria mostrado a um juiz.

— A polícia me chamou. O inspetor me chamou, disse que precisava de mim para posar com um cadáver de morte violenta. Às vezes a gente tem de fazer qualquer coisa, até deitar-se com um morto. Mas o morto já estava morto, eu juro, não fiz nada com ele.

Dorta estava morto. Por uns instantes ele tinha voltado a viver para a minha suspeita, o que na verdade não era estranho: o hábito e o acumulado bastam para que a sensação de presença nunca se desvaneça, não ver alguém pode ser acidental, até desimportante, e não há dia que não me lembre do meu amigo de infância com quem nenhuma mulher nunca fez nada, nem vivo nem morto, isso preocupava Estela, coitada: "O morto já estava morto, eu juro"; e nem sangue misturado nem sêmen nem nada, tudo aquilo tinha sido inventado por Gómez Alday a fim de contar para mim ou para qualquer outro curioso ou enxerido e para que eu assim assimilasse no tempo, os jornais se cansam logo e não deram tantos detalhes, só que tinha havido sexo entre os cadáveres quando ainda não o eram.

— E te mancharam bem, não é? Com imitação de sangue e tudo.

— É, mancharam meu peito com ketchup, esperaram que secasse e então tiraram as fotos. Não demorou muito, com o calor foi rápido, o rapaz tirou. Me deram uma grana e mandaram que ficasse bem calada. — Com seu polegar fez o gesto de fechar a boca, como um zíper. Continuava falando mas ia perdendo o medo de mim, não deixaria de falar por isso, embora houvesse notado que pela minha cabeça havia cruzado essa expressão ou esse pensamento, "coitada", todos notamos isso, e nos tranqüiliza. — Já faz bastante tempo. Se você falar te mando a chicotadas de volta para Cuba num navio negreiro, ele me disse, foi isso que disse o inspetor. E agora o que vai acontecer, e agora, vai me mandar de volta para Cuba.

— O rapaz — disse eu, e minha voz ainda soou alterada, ainda não se podia estar totalmente a salvo comigo —, que rapaz. Que rapaz.

— O rapaz que estava com ele o tempo todo, estava fazendo serviço militar, tinha de voltar para o quartel, falaram nisso. — E Gómez Alday ainda se atreveu, pensei, ainda se atreveu a dizer que o lanceiro podia ser alguém acostumado a cravar baionetas, apodreça aí com o coração cheio de ferro apesar de não estarmos em guerra, mais um saco, saco de farinha saco de penas saco de carne, kretek kretek. — Já não sei direito, cheguei e saí dali de tarde, com meu dinheiro e os cigarros, roubei-os da casa ao sair quando não me viam, dois pacotes. Ainda me sobram três ou quatro maços, fumo-os devagar, impressiona as pessoas, ainda têm muito cheiro.

O motivo para fumá-los não era muito diferente do que tinha Dorta, algo em comum eles tinham, ele e Estela. Sentei-me ao seu lado na cama baixa e passei o braço por seus ombros.

— Sinto muito — falei. — O morto era meu amigo e vi as fotos.

Muitas vezes Ruibérriz de Torres tem razão, conhece bem todos nós. Afinal de contas eu estava havia tempos olhando de quando em quando aquela cara sofrida e aqueles peitos imóveis, mortos, ensangüentados, e me dava alegria vê-los em movimento, vivos, recém-banhados, apesar de meu amigo, em compensação, continuar morto e ter havido tanto engano. Também foi uma forma de pagar e ressarcir a mulher pelo mau pedaço, embora eu pudesse ter lhe dado o dinheiro por nada, ou tão-só pela informação. Mas enfim: eu também não ia pegar no sono até chegar a hora dos escritórios e das delegacias, se bem que algumas delas fiquem de plantão à noite.

Deixei dinheiro na saleta ao sair, talvez demais, talvez de menos, a tia Mónica devia estar na cama havia horas. Quando fui embora a mulher dormia. Não pensei que fossem mandá-la de volta para Cuba, como ela dizia.

Gómez Alday estava com melhor aspecto do que da última vez que eu o havia visto, fazia quase dois anos. Havia ganhado com o tempo, devem tê-lo promovido, devia estar mais tranqüilo. Agora que eu sabia que ele não compartilhava meu orgulho estúpido compreendi que se cuidara, nós que o temos nos cuidamos menos; não tive tempo nem humor para perguntas amáveis. Não se negou a me receber, não se levantou da cadeira giratória quando entrei na sua sala, limitou-se a olhar para mim com seus olhos velados que não denotaram grande surpresa, talvez aborrecimento. Lembrava-se de mim.

— O que houve? — perguntou.

— Houve que falei com Estela, sua morta, e não através da sua fotografia. Então, o que o senhor me conta agora do seu lanceiro?

O inspetor passou a mão pela cabeça romana que cada vez

parecia ter mais cabelo, os pensamentos inoportunos vêm em qualquer instante. Pegou um lápis na mesa e tamborilou com ele na madeira. Não fumava mais.

— Quer dizer que ela abriu a boca — respondeu. — Quando chegou se chamava Miriam, se é que está se referindo à puta cubana.

— O que aconteceu? Vai ter de me contar. O senhor não quis investigar entre os veados, por que perder tempo. Nem sei como se atreveu a chamá-los assim.

Gómez Alday sorriu um pouco, talvez um fantasma de rubor. Não parecia mais alarmado do que um garoto de quem se descobriu um embuste. Um embuste menor, algo que não terá conseqüências além da bronca. Talvez soubesse que eu não ia contar a história a mais ninguém, talvez tenha sabido antes que eu mesmo soubesse. Demorou a responder, mas não porque hesitasse: era como se estivesse avaliando se eu merecia a confissão.

— Bom, é preciso dissimular, não é? — falou por fim, e fez uma pausa, ainda não tinha se decidido. Depois prosseguiu: — Não sei se o senhor conhece esses rapazes, alguma coisa seu amigo lhe contou, não é? Se são moços demais não têm nenhum senso de fidelidade, tampouco de oportunidade, vão com qualquer um uma noite, se os seduzem com quatro afagos, para não dizer com um pouco de fama ou uma boa volta pelos lugares caros. Saem por aí, não têm outra coisa para fazer, saem dispostos a serem seduzidos. O senhor não sabe, são muito mais vaidosos do que as mulheres. — Gómez Alday parou, falava como se nada daquilo tivesse grande importância e pertencesse a um passado remoto, e é verdade que o passado se torna remoto cada vez mais depressa. — Bem, o que andava comigo então. Seu amigo pegou-o uma noite na rua, eu estava de plantão. Não me faça falar mal dele, era seu amigo, mas passou dos limites com o garoto, a maldita lança, ele se assustou, ficou nervoso com as brincadeirinhas do outro, o senhor mesmo disse, eu me lembro, às vezes acontece, os arrependidos podem se arrepender por muitos motivos, também se assustam com o que está fora do programa. Perdeu a cabeça e deu-lhe uma porrada na testa, depois o trespassou, que lançada, como se tivesse sido uma baioneta. Não era mau rapaz, acredite, estava no exército, mas faz tempo que não sei dele, desaparecem como aparecem, não são sentimentais, ao contrário dos cafetões de putas e dos maridos. Telefonou-me aterrorizado, tinha de montar alguma coisa e afastar as suspeitas. — Gómez Alday pareceu desamparado e frágil por um momento, o passado se torna remoto de repente quando desaparece da nossa vida a pessoa que constituía o presente, o fio da continuidade se rompe e de repente ontem fica muito distante. — O que quer que eu lhe diga, o que eu podia fazer senão ajudá-lo, o que se ganha ao arruinar duas vidas em vez de uma só, ainda mais se a primeira já foi totalmente despachada.

Fiquei olhando para a sua figura um tanto volumosa, via-se que era alto até sentado na cadeira. Não lhe custava sustentar meu olhar, seus olhos sonolentos poderiam não ter pestanejado nem ter se desviado nunca, até o inferno seus olhos de bruma. Não houve mais debilidade naquele rosto, foi um segundo.

— Quem pôs os óculos? — perguntei por fim. — Quem teve a idéia de pô-los?

O inspetor fez um gesto de impaciência, como se minha pergunta lhe houvesse feito pensar que eu não merecia afinal a explicação nem o relato:

— Deixe de histórias — falou. — Não me pergunte por travessuras em meio a um homicídio. Faça somente perguntas que importem.

— Então me diga — levei em conta o que ele falou —, ninguém quis ver o corpo da morta tão viva? O juiz, o legista.

Deu de ombros.

140

— Não seja ingênuo. Aqui e no necrotério fazemos o que queremos. Investiga-se o que interessa e ninguém faz perguntas a quem não deve. De alguma coisa tiveram de nos servir quarenta anos de fazer o que bem entendêssemos sem prestar contas a ninguém, um longo aprendizado. Estou falando de Franco, não sei se o senhor se lembra. Mas é parecido em toda parte, aprende-se de muitas formas.

Gómez Alday não carecia de humor. Não era alguém a quem se devesse fazer tal pergunta, mas eu fiz:

— Por que apoiou tanto o rapaz? Mesmo assim, o senhor se arriscou muito.

Houve um breve lampejo nos olhos adormecidos antes que ele repetisse o gesto que eu já tinha visto anteriormente: girou sua cadeira e me deu as costas como se com aquilo pusesse um ponto final em seu contato tão esporádico comigo. Vi sua nuca larga enquanto me dizia:

— Arrisquei tudo. — Calou-se um momento, depois acrescentou descontraído: — Por acaso o senhor nunca esteve apaixonado?

Dei meia-volta e abri a porta para ir embora. Não repliquei nada, mas me parece recordar que sim.

No tempo indeciso

Eu o vi duas vezes em pessoa e a primeira foi a mais alegre e a mais infeliz, ainda que tenha sido infeliz só retrospectivamente, quer dizer, é agora mas não era então, logo na verdade eu não devia dizer tal coisa. Foi na discoteca Joy a altas horas da noite, principalmente para ele, supõe-se que os jogadores de futebol devem ir para a cama cedo, permanentemente concentrados para a próxima partida, ou treinando e dormindo, vendo vídeos de outros times ou do seu mesmo, vendo a si mesmos, seus acertos e erros e as oportunidades perdidas que sempre voltam a se perder até o fim dos tempos nesses vídeos, dormindo e treinando e se alimentando, uma vida de bebês casados, convém que tenham mulher para que a façam de mãe e vigie seus horários. A maioria não está nem aí, detesta dormir e detesta os treinos, e os craques só pensam na partida quando entram em campo e vêem que é melhor ganhar porque estão ali cem mil pessoas que, elas sim, passam a semana se preocupando com o jogo ou pedindo vingança contra os odiados rivais. Para os craques, os rivais só existem durante noventa minutos e por um motivo apenas: estão ali para impedi-los de conseguir o que querem, só isso. Logo poderiam cair na farra com esses adversários, se não pegasse mal. O ressentimento pertence aos jogadores medíocres.

Ele não era medíocre, claro, e por algum tempo pensaram que seria um craque quando estivesse mais maduro e mais centrado, o que nunca aconteceu, ou talvez tarde demais. Era húngaro como Kubala, Puskas, Kocsis e Czibor, mas seu nome era muito mais impronunciável para nós, escrevia-se Szentkuthy e as pessoas acabaram chamando-o de "Kentucky", muito mais familiar e mais castelhano, daí às vezes o apelidarem com impropriedade de "Frangofrito" (não casava com a sua compleição atlética), os locutores de rádio mais atrevidos e veementes se permitiam abusos quando pisava na área: "Atenção, Kentucky pode fritar o Barça". Ou então: "Olho nele, Frangofrito pode fazer a frigideira ir pelos ares, vai fazer engolir um frango a passarinho, cuidado que é puro óleo, óleo fervendo, olha como tosta, olha como escorre, olha como salta!". Deu muito assunto aos jornalistas, mas eles logo o esqueceram.

Quando o encontrei na discoteca Joy estava havia uma temporada e meia em Madri e já falava um bom espanhol, muito correto embora limitado, com um inegável sotaque dos mais toleráveis, parece que os centro-europeus sempre têm facilidade para as línguas, nós espanhóis somos os menos hábeis para aprender direito outras e pronunciá-las, já diziam os historiadores romanos, esse povo incapaz de pronunciar o s líquido, tanto de Scipio como de Schillacci como de Szentkuthy: Escipión, Esquilache, Kentucky, mudaram as tendências lingüísticas. Szentkuthy (vou chamá-lo por seu verdadeiro nome, já que o escrevo e não vou dizê-lo) já tinha tido tempo de superar o deslumbramento de um país novo, festivo e luxuoso para a sua experiência anterior de aço, mas ainda não de considerá-lo como algo natural e devido. Talvez estivesse naquele momento que se segue a toda consecução importante, em que você já não acha que é um simples presente ou um milagre o que conseguiu (já acredita) e começa a temer pela permanência do alcançado, melhor dizendo, a vislumbrar como horror a possível volta ao passado com o qual estava conformado e tende portanto a apagá-lo, eu não sou o que fui, sou só agora, não venho de lugar nenhum e não me conheço.

Amigos em comum nos reuniram na mesma mesa, mas por um bom tempo ele não se aproximou dela mais que para pegar um segundo copo e tomar um gole entre uma dança e outra, uma forma de treinar, um atleta incansável, pelo menos teria corda para noventa minutos e uma prorrogação. Dançava mal, com entusiasmo demais e ritmo de menos, sem o mínimo de suficiência necessária para harmonizar os movimentos, alguns na mesa riam dele, neste país um elemento de crueldade em todas as situações embora nada obrigue a ela, gostam de machucar ou acreditar que machucam. Vestia-se melhor do que quando chegou ao clube, conforme as fotos que vi na imprensa, mas não o bastante se comparado com seus colegas espanhóis, mais estudiosos da indumentária, quer dizer, dos anúncios. Era um desses homens que dão a impressão de usar sempre a camisa fora das calças mesmo que usem dentro, a camisa do time claro que usava fora no campo de jogo quando o árbitro deixava. Por fim sentou-se e ordenou a todos, com gesticulações e risadas, que fossem dançar para que ele os visse enquanto descansava, agora queria ele se divertir mas sem malícia certamente, sem crueldade alguma, talvez quisesse aprender com os outros uns movimentos menos bisonhos que os dele. Eu fui o único que não lhe dei bola, nunca danço, só observo. Não insistiu comigo, não tanto por não saber quem eu era, não me conhecer — isso parecia não lhe importar muito, na certeza de que ele, sim, todo o mundo conhecia —, quanto por meu gesto de firme negativa. Mexi a cabeça de um lado para o outro como os moradores das cidades costumamos fazer

144

quando negamos a um mendigo uma esmola sem reduzir o passo. A comparação não é minha, foi dele:

— Parece que o senhor me negou uma esmola — disse quando ficamos a sós, os outros na pista para agradá-lo. Usava "senhor" como bom estrangeiro que ainda tem em mente as regras, não era ruim seu vocabulário, a palavra "esmola" já não é tão freqüente.

— Como sabe? Já te negaram alguma vez? — perguntei, usando eu sim o tratamento familiar, pela diferença de idade e por algum complexo de superioridade inconsciente, do qual logo tomei consciência e por isso acrescentei: — Podemos nos tratar de você. — E mesmo assim acrescentei como quem dá uma permissão.

— A quem já não negaram? Há muitos tipos de esmola. Eu me chamo Szentkuthy — disse estendendo a mão —, aqui ninguém apresenta ninguém.

Era um cara esperto: portava-se de acordo com a realidade (todo o mundo sabia quem era), mas negava esse comportamento com as palavras. Ou seja, distinguia as duas coisas, o que não é tão fácil sem ficar insuportavelmente hipócrita ou detestavelmente ingênuo. Disse-lhe meu nome, acrescentei minha profissão, apertei-lhe a mão. Não me perguntou por essa profissão tão distante da dele, não lhe interessava nem para encher uma conversa impensada e seguramente indesejada, ele havia contado com que ficaria sozinho na mesa observando a dança. Tinha o cabelo louro repartido em dois blocos ondulados e quase simétricos penteados para trás como se fosse um regente de orquestra, um sorriso quadrado como de gibi, o nariz um pouco largo, olhos azuis pequeninos e muito brilhantes, como diminutas lâmpadas de parque de diversões.

— Com quem você está? — perguntei apontando com a cabeça negadora para as mulheres da pista, todas tinham saído em grupo. — Qual é a sua namorada? Com qual delas você está? — insisti para tornar mais clara a pergunta.

Pareceu apreciar que não lhe falasse de cara do time nem do treinador nem do campeonato e talvez por isso tenha respondido sem pudor e com um sorriso quase infantil. Seu orgulho não era ofensivo nem vexatório, nem mesmo para as mulheres, disse aquilo como se elas é que o houvessem escolhido, não o contrário, e talvez tenha sido assim mesmo:

— Das seis da mesa — falou —, já estive com três, o senhor acredita? — E ergueu três dedos da mão esquerda, com a barulheira não era fácil ouvir-se. Continuava me chamando de senhor, a reiteração me fez sentir um pouco velho.

— E hoje como vai ser — retruquei —, repetir ou renovar?

Ele riu.

— Repetir só se não houver remédio.

— Um colecionador, hein? O que mais coleciona? Bem, gols à parte.

Ficou pensando um instante.

— Isso, gols, mulheres, mais nada. Cada gol uma mulher diferente, é minha maneira de comemorá-los — disse risonho, tanto que parecia simples piada e não verdade.

Já tinha marcado uns vinte até aquela altura da temporada, só no campeonato da liga, mais seis ou sete entre a copa e o campeonato europeu. Costumo acompanhar o futebol, na verdade teria preferido falar do jogo, perguntar-lhe como mais um admirador, um torcedor. Mas ele devia estar farto disso.

— Sempre foi assim? Na Hungria também, no Honved? — Tinha sido comprado desse time de Budapeste, onde havia nascido.

— Oh, não, na Hungria não — respondeu sério. — Lá eu tinha uma namorada.

— Que fim ela levou? — perguntei.

— Ela me escreve — disse sucintamente e sem nenhum sorriso.

— E você?

— Eu não abro as suas cartas.

Szentkuthy tinha então vinte e três anos, era um garoto, espantei-me que tivesse a força de vontade ou a falta de curiosidade para semelhante atitude. Embora soubesse do conteúdo provável daquelas cartas, é difícil não querer saber como se diz. Também precisava ser duro.

— Por quê? E ela continua escrevendo apesar de tudo?

— Sim — respondeu como se não houvesse nada de estranho naquilo. — Ela gosta de mim. Não posso dar atenção a ela, mas ela não entende.

— O que é que não entende?

— Ela vê as coisas para sempre, não entende que as coisas mudam, não entende que eu não cumpra as promessas que fiz um dia, faz muitos anos.

— Promessas de amor eterno.

— Sim, quem não fez, e ninguém cumpre. Todos falamos muito, as mulheres exigem que falemos com elas, por isso aprendo a língua do país muito rápido, elas sempre querem que falemos com elas, depois principalmente, eu preferiria não dizer nada depois nem antes, como no futebol, você faz um gol e grita, não é preciso dizer nem prometer coisa nenhuma, sabe-se que você fará mais gols, e isso é tudo. Ela não entende, ela acha que sou dela, para sempre. É muito moça.

— Talvez aprenda com o tempo, então.

— Não, não acho, o senhor não a conhece. Para ela serei sempre dela. *Sempre.*

Disse esta última palavra com voz agourenta e respeito, como se esse "sempre" que não era dele, mas dela, que ele negava todos os dias com os fatos e com a distância, soubesse não obstante ter mais força do que qualquer uma das suas negações, do que qualquer um dos seus gols madrilenos e das suas mulheres voláteis e comutáveis. Como se soubesse que não se pode fazer nada contra uma vontade afirmativa, quando a sua é apenas uma vontade que preguiça e nega, as pessoas se convencem de que querem uma coisa como meio mais eficaz para consegui-la, e essa gente sempre terá vantagem diante dos que não sabem nem querem, ou só estão cientes do que não desejam. Os que somos assim estamos inertes, padecemos de uma fraqueza extraordinária da qual nem sempre somos conscientes e assim podemos ser anulados facilmente por outra força maior que nos escolheu, da qual só escapamos por algum tempo, algumas são infinitamente resolutas e infinitamente pacientes. Pela maneira como Szentkuthy tinha dito "sempre" eu soube que ele acabaria se casando com aquela moça do seu país que escrevia, pensei isso então sem muita intensidade, na verdade era um pensamento circunstancial e anedótico, para mim tanto fazia, eu não veria mais Szentkuthy a não ser na televisão ou no estádio, tanto quanto pudesse, isso sim, adorava suas atuações.

Alguns dos que dançavam já voltavam para a mesa, de modo que disse a ele:

— Veja lá, Kentucky, uma das três mulheres com que você ainda não esteve veio comigo.

Deu uma gargalhada simples e estrondosa que se impôs à música e foi outra vez para a pista. De lá gritou para mim, antes de recomeçar a dançar:

— E é do senhor, não é? Do senhor para sempre!

Não era, mas ela e eu fomos embora antes que ele esgotasse a prorrogação da sua dança e decidisse se naquela noite iria renovar ou teria de repetir. À tarde ele havia marcado três gols no Valencia. Lembrei-me um instante do seu compatriota Kocsis, um meia do Barcelona apelidado de "Cabecinha de ouro" se não me engano, suicidou-se faz anos, muitos depois de ter se afastado dos gramados. Não sei por que pensei nele e não em Kubala ou em Puskas, que souberam se divertir e depois fazer carreira como treinadores. No fim das contas, Szentkuthy estava se divertindo naquela noite.

Continuei vendo-o jogar por mais duas temporadas, nas quais teve altos e baixos mas deixou vários lances para recordar. Fixou-se na minha memória aquele que ficou para os que o viram: numa partida da Copa da Europa contra o Inter de Milão, em que o time precisava de um gol para chegar às semifinais, só faltavam dez ou doze minutos quando Szentkuthy recebeu a bola em seu próprio campo depois do rebote de um escanteio contra o seu gol. Estava sozinho para iniciar o contra-ataque e ainda havia dois zagueiros, atrasados, entre ele e o goleiro rival; livrou-se de um vencendo-o na corrida e do outro com um drible antes de chegar à área; o goleiro saiu ao seu encontro no desespero, Szentkuthy também tirou-o do lance e evitou o pênalti que ele tentou fazer; ergueu então a vista para a meta completamente vazia, era só chutar a bola da entrada da área para marcar o gol que todo o estádio já via e ansiava com esse resto de agonia que sempre existe entre o iminente e certo e sua chegada efetiva. O murmúrio de empolgação se tornou silêncio repentino, ocultava um grito sufocado em cem mil gargantas, que não saía: "Chuta! Chuta já, pelo amor de Deus!", tudo seria definitivo com a bola na rede, não antes, era preciso vê-la lá dentro. Szentkuthy não chutou, mas continuou avançando com a bola grudada no pé, controlada, até a linha do gol e bem ali a parou com a sola da chuteira. Por um segundo a manteve parada, imobilizada por sua chuteira contra a grama ou contra a cal da linha, sem permitir que a ultrapassasse. Outros dois defensores italianos corriam para ele como raios, o goleiro recuperado também. Era impossível que chegassem a tempo, Szentkuthy só tinha de soltar a bola para que ela cruzasse a linha, mas no futebol nada está garantido enquanto não acontece. Não me lembro de um silêncio mais asfixiado num estádio. Foi tão-só um segundo, mas não creio que tenha se apagado para nenhum dos espectadores. Marcou a diferença abissal entre o inevitável e o já não evitado, entre o que ainda é futuro e o que já passou, entre o "ainda não" e o "já foi", a cuja transição palpável nos é dado assistir pouquíssimas vezes. Quando o goleiro e os dois zagueiros já estavam em cima dele, Szentkuthy fez a bola rolar suavemente com a sola da chuteira alguns centímetros e tornou a pará-la depois que atravessou a linha do gol. Não mandou a bola para a rede, a fez andar justo o necessário para que o que ainda não era gol já o fosse. Nunca se tornou tão manifesto o muro invisível que fecha um gol. Foi um desdém e um desaforo, o estádio veio abaixo e cobriu-se de bandeiras, juntaram-se a impressão admirável de toda a jogada e o alívio depois do sofrimento supérfluo a que Szentkuthy havia submetido cem mil pessoas e uns tantos milhões mais que o viveram em suas casas. Os locutores de rádio tiveram de suspender seu grito, só o deram quando ele quis, nem um segundo antes. Negou a iminência, e não é propriamente que parou o tempo mas que o marcou e o tornou indeciso, como se estivesse dizendo: "Eu sou o artífice e vai ser quando eu mandar, não quando vocês quiserem. Se for, pois sou eu quem decide". Não se pode pensar no que teria acontecido se o goleiro tivesse chegado a tempo e tirado a bola de sob a sua chuteira. Não se pode pensar porque não aconteceu e porque dá muito medo, ninguém perdoa quem brinca com a sorte, se a sorte lhe dá as costas como castigo depois de ter estado a seu favor totalmente. Qualquer outro jogador teria fuzilado o gol vazio da entrada da área quando não havia mais obstáculos, com sua vontade afirmativa de vencer a eliminatória e vencê-la o quanto antes. A vontade de Szentkuthy era no mínimo vacilante, como se quisesse salientar que não há nada inevitável: vai ser gol, mas vejam, também poderia não ser.

Aquela temporada não foi boa em seu conjunto apesar dessa jogada ou talvez por ela, e a seguinte foi nefasta. Szentkuthy parecia sem vontade, mal fazia gols e jogava com muita irregularidade, contundiu-se no mês de janeiro e não se recuperou em todo o campeonato, passou-o quase em branco.

Numa ocasião me convidaram para assistir a uma partida na tribuna de honra e a meu lado sentou-se Szentkuthy, à minha esquerda; à dele havia uma moça com ar um pouco antiquado, ouvi que falavam em húngaro, eu imaginei que devia ser húngaro, não entendia uma palavra. Não me reconheceu, é lógico, mal olhou para mim, estava absorto no jogo, como se estivesse no gramado com seus colegas, tenso, alerta. De vez em quando berrava para eles em espanhol porque dali via com clareza o que tinham de fazer em cada oportunidade perdida. Era evidente que sofria por não estar lá embaixo com eles. Quando já não lhe restassem gols só lhe restariam as mulheres, pensei. Quando se aposentasse ainda seria muito jovem.

No intervalo voltou à realidade mas não se moveu da cadeira apesar da tarde fria, ensolarada. Foi aí que me atrevi a lhe dirigir a palavra. Estava mais bem vestido, de gravata e sobretudo de gola levantada, tinha visto mais anúncios; fumou um cigarro em cada tempo, na frente dos seus chefes e das câmeras.

— Quando vai vestir a camisa do time outra vez, Kentucky? — perguntei.

— *Duas* semanas — disse, e ergueu dois dedos como para confirmar com fatos. Era o mês de fevereiro.

A jovem, que devia entender pouco mas o suficiente, fez um gesto de dúvida acompanhado de um sorriso modesto e ergueu três dedos, depois um quarto, como que o chamando à verdade. Sua intervenção me permitiu perguntar a ele:

— Sua senhora também é húngara?

— Sim, é húngara — respondeu —, mas não é minha senhora. — Ele tinha um senso da literalidade própria de quem fala línguas que não são suas. — É minha namorada.

— Muito prazer — disse eu, e lhe estendi a mão e acrescentei meu nome, apresentando-me, desta vez sem profissão.

— Encantada, senhor — ela soube dizer com insegurança, talvez uma frase solta aprendida sem contexto, como se aprende imediatamente "adeus" e "obrigado". Não disse mais nada, afundou-se de novo na sua cadeira, olhando para a frente, para o estádio abarrotado e um pouco adormecido naquele domingo. Falar alguma coisa dela seria de minha parte demasiado atrevimento, via de perfil e ouvi-a menos ainda. Só que era bem moça e bastante graciosa, com um ar tímido e ao mesmo tempo convencido, uma vontade afirmativa. Nada de espetacular se comparada com as garotas da discoteca Joy, nem mesmo com a mulher que naquela noite estava comigo, fazia tempo que não a via, quem sabe teriam se encontrado de novo, Szentkuthy e ela, outra noite de farra em que já não teria me importado com quem ela fosse. Não sei nada dela e bem pouco sabia então, naquela tarde na tribuna.

A partida estava zero a zero e o time jogava mal, com muita vontade mas nada inspirado. Em dias assim Szentkuthy fazia falta, embora até o momento da contusão não houvesse se destacado.

— Em que vai dar isso aí? — perguntei-lhe.

Olhou para mim com ar de superioridade momentânea, provavelmente porque eu lhe pedia uma opinião, mas esse ar eu vi com freqüência nos homens recém-casados, embora ele ainda não estivesse casado. Às vezes é a expressão de um esforço de respeitabilidade que os farristas fazem para agradar suas mulheres ou namoradas quando acabam de contrair matrimônio ou estão a ponto de fazê-lo. Depois o abandonam, o esforço.

— Podemos ganhar fácil, podemos perder difícil.

Não entendi bem o que ele queria dizer e fiquei matutando sobre aquilo durante o segundo tempo. Se ganhavam, seria com facilidade; se perdiam, seria com dificuldade; ou então era fácil ganharem e difícil perderem, talvez fosse isso, impossível saber. Ele não estava para conversas e eu não quis insistir. Virou-se para a noiva, falaram em húngaro e em voz quase baixa. Era uma dessas mulheres que para reclamar a atenção do marido ou noivo puxam com dois dedos a sua manga ou enfiam a mão no bolso do seu sobretudo, não saberia explicá-lo de outra forma, nem devo. No segundo tempo o time ganhou de três a zero e jogou quase sempre muito bem daí em diante. Szentkuthy portanto fez menos falta. Seu joelho piorou muito mais do que se imaginava no começo, muito mais do que se imaginava em fevereiro, e em março, e em abril, e em maio. Ou então ele não foi obediente na sua convalescença depois da cirurgia. Teve um ou outro atrito com o treinador e no fim da temporada rescindiram o seu contrato e ele foi para o futebol francês, para onde vão os craques quando parece que não conseguirão sê-lo plenamente nem serão lembrados como tais. Jogou mais três anos no Nantes sem muito alarde, aqui pouca coisa se soube dele, os jornalistas esquecem rápido, tão rápido que a notícia da sua morte só apareceu com algum detalhe na imprensa esportiva que não costumo comprar, um sobrinho me mostrou o recorte. Já faz oito anos que Szentkuthy saiu de Madri, seguramente fazia cinco que não jogava mais futebol, a não ser que tivesse se arrastado pelas desconhecidas equipes do seu país, aqui não se sabe quase nada da Hungria. Um homem de trinta e três anos no momento da sua morte, um homem jovem sem gols novos e com seus vídeos vistos demais, só poderia colecionar mulheres na sua Budapeste natal, lá certamente continuaria sendo um ídolo, o garoto que partiu, fez sucesso no exterior e viverá para sempre da recordação orgulhosa das suas façanhas remotas cada vez mais apagadas. Não vive mais porque lhe deram um tiro no peito, e talvez tenha havido um segundo em que sua mulher convicta e tímida fraquejou em sua vontade afirmativa e hesitou em apertar o gatilho tão duro com seus dois dedos frágeis embora ao mesmo tempo soubesse que apertaria. Houve talvez um segundo em que se negou a iminência e o tempo foi marcado e se tornou indeciso, e em que Szentkuthy viu com clareza a linha divisória e o muro normalmente invisível que separam vida e morte, o único "ainda não" e o único "já foi" que contam. Às vezes eles estão em poder das coisas mais insignificantes, de uns dedos sem força que se cansaram de remexer um bolso e puxar uma manga, ou da sola de uma chuteira.

Não mais amores

É bem possível que os fantasmas, se é que ainda existem, tenham por princípio contrariar o desejo dos inquilinos mortais, aparecendo quando sua presença não é bem recebida e escondendo-se quando os esperam e convocam. Embora às vezes se tenha chegado a alguns acordos, como se sabe graças à documentação acumulada por lorde Halifax e lorde Rymer nos anos trinta.

Um dos casos mais modestos e comoventes é o de uma anciã da localidade de Rye, por volta de 1910: um lugar propício para esse tipo de relações imperecíveis, já que nele e na mesma casa, Lamb House, viveram por alguns anos Henry James e Edward Frederic Benson (cada um por seu lado e em períodos distintos, o segundo chegou a ser prefeito), dois dos escritores que mais e melhor se ocuparam de tais visitas e esperas, ou talvez saudades. Essa anciã, em sua juventude (Molly Morgan Muir era seu nome), tinha sido dama de companhia de outra mulher mais velha e endinheirada para quem, entre outros serviços prestados, lia romances em voz alta a fim de dissipar o tédio da sua falta de necessidades e de uma viuvez prematura para a qual não houvera remédio: a senhora Cromer-Blake havia sofrido algum desengano ilícito depois do seu breve casamento, segundo se dizia no lugarejo, e isso certamente — mais que a morte do marido pouco ou nada memorável — a tinha tornado áspera e muito recolhida, numa idade em que essas características numa mulher já não podem ser intrigantes nem ainda objeto de caçoada ou comoventes. O fastio a levava a ser tão preguiçosa que dificilmente era capaz de ler por conta própria, em silêncio, a sós, por isso exigia da sua acompanhante que lhe transmitisse em voz alta as aventuras e os sentimentos que a cada dia vivido — e ela os vivia muito rápida e monotonamente — pareciam mais distantes daquela casa. A senhora escutava sempre calada e absorta, e só de vez em quando pedia que Molly Morgan Muir lhe repetisse uma passagem ou um diálogo de que não queria se despedir para sempre sem ter a intenção de retê-lo. Ao terminar, seu único comentário costumava ser: "Molly, você tem uma voz muito bonita. Com ela encontrará amores".

Era durante essas sessões que o fantasma da casa fazia sua aparição: todas as tardes, enquanto Molly pronunciava as palavras de Stevenson, Jane Austen, Dumas ou Conan Doyle, via difusamente a figura de um homem jovem e de aspecto rural, um cavalariço ou vaqueiro. Da primeira vez que o viu, de pé com os cotovelos apoiados no encosto da cadeira que a senhora ocupava, como se ouvisse atentamente o texto que ela recitava, esteve a ponto de gritar de susto. Mas o jovem levou imediatamente o indicador aos lábios e lhe fez sinais tranqüilizadores para que continuasse e não delatasse a sua presença. Seu rosto era inofensivo, com um tímido sorriso perpétuo nos olhos zombeteiros, alternado somente, em alguns momentos graves da leitura, com uma seriedade alarmada e ingênua própria de quem não distingue plenamente o acontecido do imaginado. A jovem obedeceu, mas naquele dia não pôde evitar de levantar a vista várias vezes e dirigi-la por cima do coque da senhora Cromer-Blake, que por sua vez alçava a sua, inquieta como se não estivesse certa se trazia na cabeça um hipotético chapéu corretamente posto ou uma auréola devidamente iluminada. "O que foi, menina?", perguntou-lhe alterada. "O que está olhando aí em cima?" "Nada", respondeu Molly Muir, "é uma maneira de descansar os olhos para tornar a fixá-los depois. Tanto tempo os cansariam." O jovem assentiu com seu lenço no pescoço e a explicação bastou para que dali em diante a acompanhante mantivesse seu costume e pudesse saciar pelo menos sua curiosidade visual. Porque a partir de então, tarde após tarde e com poucas exceções, leu para a sua patroa e também para ele, sem que ela jamais se virasse nem desconfiasse das intrusões dele.

O jovem não rondava nem aparecia em nenhum outro instante, de modo que Molly Muir nunca teve, ao longo dos anos, oportunidade de falar com ele nem de lhe perguntar quem era ou tinha sido ou por que a ouvia. Pensou na possibilidade de que fosse o causador do desengano ilícito padecido por sua patroa num tempo passado, mas dos lábios dela nunca saíram as confidências, apesar das insinuações de tantas páginas lidas e da própria Molly nas lentas conversas noturnas de meia vida. Talvez o boato fosse infundado e a senhora de fato não tivesse para contar nenhuma história digna de ser contada e por isso pedia para ouvir as histórias remotas, alheias e mais improváveis. Em mais de uma oportunidade Molly sentiu-se tentada a ser piedosa e contar-lhe o que acontecia todas as tardes às suas costas, fazê-la participar da sua pequena emoção cotidiana, comunicar-lhe a existência de um homem entre aquelas paredes cada vez mais assexuadas e taciturnas em que só ressoavam, às vezes por noites e dias seguidos, as vozes femininas de ambas, cada vez mais envelhecida e confusa a da senhora, cada manhã um pouco menos bonita e mais fraca e fugidia a de Molly Muir, que ao contrário das predições não lhe havia trazido amores, ou pelo menos não que tenham ficado e pudessem ser tocados. Mas sempre que esteve a ponto de cair na tentação lembrava no mesmo instante do gesto discreto do jovem — o indicador sobre os lábios, repetido de vez em quando com os olhos levemente brincalhões — e guardava silêncio. A última coisa que desejava era irritá-lo. Talvez fosse só porque os fantasmas se chateiam tanto quanto as viúvas.

Quando a senhora Cromer-Blake morreu, ela continuou na casa e por uns dias, aflita e desconcertada, parou de ler: o jovem não apareceu. Convencida de que aquele rapaz rural desejava ter a instrução que certamente não tivera em vida, mas também temerosa de que não fosse assim e de que sua presença estivesse relacionada misteriosamente apenas à senhora, decidiu voltar a ler em voz alta para invocá-lo, e não somente romances, mas também tratados de história e ciências naturais. O jovem demorou alguns dias para reaparecer — quem sabe os fantasmas guardem luto, com maior razão que ninguém —, mas por fim apareceu, atraído quem sabe pelos novos temas, acerca dos quais seguiu ouvindo com a mesma atenção, embora já não de pé e de cotovelo sobre o encosto, mas comodamente sentado na cadeira vazia, às vezes com as pernas cruzadas e um cachimbo aceso na mão, como o patriarca que nunca deve ter sido.

A moça, que foi ficando mais velha, dirigia-lhe a palavra com cada vez mais confiança, mas sem nunca obter resposta: os fantasmas nem sempre podem ou querem falar. E com essa sempre maior e unilateral confiança passaram-se os anos, até que chegou um dia em que o rapaz não apareceu, nem o fez nos dias e semanas seguintes. A moça, que já era quase velha, de início ficou preocupada como uma mãe, temendo que lhe houvesse acontecido algum percalço grave ou alguma desgraça, sem se dar conta de que esse verbo só cabe entre os mortais e que quem não o é está a salvo. Quando reparou nisso sua preocupação cedeu lugar ao desespero: tarde após tarde contemplava a cadeira vazia e injuriava o silêncio, fazia perguntas doídas ao nada, lançava repreensões ao ar invisível, perguntava-se qual havia sido sua falta ou seu erro e procurava com afã novos textos que pudessem atrair a curiosidade do jovem e fazê-lo voltar, novas disciplinas e novos romances, e esperava com avidez cada novo volume de Sherlock Holmes, em cuja habilidade e lirismo confiava mais do que em quase nenhum outro chamariz científico ou literário. E continuava lendo em voz alta todo dia, para ver se ele acudia.

Uma tarde, ao fim de meses de desolação, descobriu que o marcador do livro de Dickens que estava lendo pacientemente para ele em sua ausência não estava onde o havia deixado, e sim muitas páginas depois. Leu com atenção onde ele o tinha posto e então compreendeu com amargura e sofreu o desengano de toda vida, por reclusa e quieta que fosse. Havia uma frase do texto que dizia: "E ela envelheceu e encheu-se de rugas, e sua voz gasta já não era agradável". Conta lorde Rymer que a anciã se indignou como uma esposa repudiada e que, longe de se resignar e calar, disse ao vazio com grande reprovação: "Você é injusto. Não envelhece e quer vozes agradáveis e juvenis, e contemplar rostos lisos e luminosos. Não pense que não o entendo, você é jovem e assim será sempre. Mas eu o instruí e distraí anos a fio, e se graças a mim você aprendeu tantas coisas inclusive a ler não é para agora me deixar mensagens ofensivas através dos textos que sempre compartilhei com você. Você devia levar em conta que, quando a senhora morreu, eu podia ter lido em silêncio, mas não o fiz. Entendo que você possa ir em busca de outras vozes, nada o prende a mim e é verdade que você nunca me pediu nada, logo também não me deve nada. Mas se você conhece a gratidão, peço que pelo menos venha uma vez por semana me ouvir e tenha paciência com a minha voz que já não é bonita e não lhe agrada, porque não vai mais me trazer amores. Eu me esforçarei e continuarei lendo o melhor possível. Mas venha, porque agora que já estou velha sou eu que necessito da sua distração e da sua presença".

Segundo lorde Rymer, o fantasma do rústico jovem eterno não foi de todo insensível e lhe deu razão, ou descobriu o que era a gratidão: a partir de então e até a sua morte, Molly Morgan Muir aguardou com ilusão e impaciência a chegada do dia escolhido em que seu impalpável amor silencioso consentia em voltar ao passado do seu tempo em que na verdade já não havia nenhum passado e nenhum tempo, a chegada de cada quarta-feira. E acredita-se que talvez tenha sido isso que a manteve viva por muitos anos, isto é, com passado, presente e também futuro, ou talvez sejam saudades.

ESTA OBRA FOI COMPOSTA PELA SPRESS EM ELECTRA E IMPRESSA
EM OFSETE PELA RR DONNELLEY MOORE SOBRE PAPEL PÓLEN BOLD
DA SUZANO BAHIA SUL PARA A EDITORA SCHWARCZ EM JULHO DE 2006